JN287335

序章

雪が降っていた。

暗い空から落ちてくる雪。

とめどなく降りそそぐ粉雪は、あっという間に足元を埋めつくし、夜の都会を白一色に染めていく。

信号も。

街路樹も。

コインパーキングに停まっている車の屋根にも、雪はひらひらと降り積もる。

ありとあらゆるものが綿のような白い帽子をかぶり、じっとその場にたたずむさまは、やけに静かだ。

静かで、鮮明。

足の下で踏みしだかれる雪の音まで聞こえてくるほどに——。

それゆえ、すべてが幻想の内にあるかのように、少女には思えた。

音のない世界。

凍《い》てつく地上。

いつもと同じ景色なのに、なにかが違う。

とめどなく降りそそぐ雪は、純白という個性のない色で、すべてのものから境界線を奪っていく。

人も。

ものも。

なにもかもが形を失い――。

(本当に、だれか、このまま降る雪の中に消えてしまうのではないだろうか?)

その考えは、背筋を凍らせるほどの恐怖と同時に、胸を焦《こ》がすような憧憬《どうけい》を彼女の中に溢《あふ》れさせた。

(だれか……)

だれ――?

しんしんと降り積もる雪。

姿を変えていく世界。


その日、夕方から降り出した雪は止《や》む気配を見せず、夜を埋めつくすかのようにあとからあとから地上に降りそそぎ――。

やがて、一人の少女を、跡形もなくこの世から消し去った。

第一章　千客万来、迷惑千万

1

古都、鎌倉《かまくら》。

家並が続く細く入り組んだ道の先、山肌に沿って稲荷《いなり》神社の赤い鳥居が並ぶ小山のふもとに、その家はある。

山裾《やますそ》に広がる敷地には、季節を問わず、色とりどりの花が咲き誇る。

その数、ざっと見積もって百種類以上。

特に、桜の開花を迎えるこの時期は、爛漫《らんまん》の春を前に、生命力に満ちた早咲きの草花が咲き乱れ、木の花たちは行儀よく順番に蕾《つぼみ》をひらいていく。

それらすべての花々を楽しめるよう、敷地内には生垣で仕切られた渦巻き状の小路《こみち》が七重に巡《めぐ》らされ、いわゆる「クレタ型迷宮」と呼ばれる形を成している。その中心部分にひっそりと、宮籠《みやこもり》家の古い家屋が建っていた。古いといってもよく磨き込まれ、隅々まで手入れの行き届いた清々《すがすが》しい佇《たたず》まいだ。

別名、「花の迷宮」と呼ばれる、一風変わった家である。

そこの主人である宮籠彩人《あやひと》が出張先の茨城県土浦市から戻ってきたのは、春の陽射《ひざ》しが暖かい、働きアリでもつい昼寝をしてしまいそうなのんびりと穏やかな金曜の午後のことだった。

「ただいま」

三十路《みそじ》過ぎ。

片手で持った上着を肩にひっかけ玄関先で声をあげる姿は、端整そのもの。物腰も優美で、淡い色のシャツが良く似合う。一面に咲く花々に見劣りしない姿かたちは、まさに「佳人」と言うに相応《ふさわ》しい。

それに対し、迎えに出てきたのは、年齢不詳、忍者の頭領のごとくどっしりとしていながら、動きには敏捷《びんしょう》さのある寡黙《かもく》な印象の男だった。

呼び名は、「八千代《やちよ》」。

この家の管理人で、長年、宮籠家に奉仕している。

「おかえりなさいませ、彩人様。あちらはいかがでしたか？」

「そうですね、さすが、『北関東』と言われるだけはあってまだ肌寒かったけど、桜は上出来でしたよ」

「そうですか。それは、橙子《とうこ》様もお喜びになるでしょう」

「う〜ん。そうあって欲しいですねえ」

差し出された相手の手に上着を預け、靴を脱いであがりながら、彩人が嘆息混じりに言う。さらに、廊下を歩き出しつつ、続けた。

「ああ。それで、申し訳ありませんが、八千代さん、仕入れたものを車に置いたままにしてあるので、もし、手が空いていたら温室のほうに移してもらえますか？　僕も、着替えたらすぐに行きます」

「かしこまりました」

これは、命令ではなく、お願いだ。

十代で家族を一遍に亡《な》くした彩人にとって、八千代は親代わりといえる。年齢的には少し年の離れた兄くらいなのだろうが、三十路を過ぎた今でも、なにかあれば、真っ先に相談するのは八千代である。そういう意味では、親代わりでありながら、親友、パートナーと、その時々に応じ、すべてを兼ね備えた存在だった。

その八千代は、明治期に宮籠家の長男が興《おこ》した八千代家の人間で、その時に創設された「八千代造園」は、現在、業界一の実績を誇っている。そして、宮籠家に仕える八千代の雇用主は、実質「八千代造園」であるため、雇い主でもなんでもない彩人は、年配の彼に対し敬語を使うのが常だった。

ただ、小さい頃から八千代の存在に馴《な》れ親しんできた彩人が、つい敬語が抜けがちになるのに比べ、八千代の態度は終始一貫して職業的慇懃《いんぎん》さで固められているため、傍目《はため》には、どうしても彩人が八千代の雇用主であるような印象を受けてしまう。

今のやり取りなんかもそうだ。

二つ返事で音もなく消え去った八千代を見送ってすぐ、彩人も足早に二階にある自分の部屋へと向かう。

だが、リビングの前を通り過ぎたところで、ふと足を止め、さらに端正な顔をしかめて首をかしげ、そのまま二、三歩うしろにさがった。目の端に、あってはいけないなにかを見たように思ったからだ。実際、目の錯覚などではなく、そこには、あってはならないものがあった。

より正確に言うと、いてはいけない人物がいて、パクパクとなんの躊躇《ちゅうちょ》もなくカレーライスを食べている。それも、レトルトではない。手の込んだグリーンカレーだ。もちろん使われているのはタイ米で、添え物として、グリーンパパイヤを使った南国風サラダまである。

それらを、陽だまりのリビングで頬張る幸せ一杯の顔。

天をあおいだ彩人が、足を踏み入れながら声をかけた。

「立花《たてはな》君」

とたん、プレイリードッグのように、相手が顔をあげる。

「立花」と書いて「タテハナ」と読む立花真《まこと》は、彩人がエッセイなどを寄稿している雑誌の一つ「花とラビリンス」の編集者である。その小柄なファニーフェイスには憎めないものがあるのだが、必要以上に前向きな姿勢のせいか、彩人をして、つい「しっ、しっ」と追いやりたい気にさせる人物だった。

「あ、センセイ」

真が、無邪気にカレーのついたスプーンを振りながら挨拶《あいさつ》する。

「おかえりなさ〜い」

「ただいま。——じゃなく」

うっかり応《こた》えてしまった彩人が、すぐに渋面を作り直して訊《き》く。

「君、こんなところでなにをやっているんだ？」

「見てわかりません？」

「わかるよ。昼飯を食べている」

「よかった。正解です」

「よくない」

言い返した彩人が、続ける。

「僕は、状況《ただ》ではなく、どうして君が僕の留守中にここでご飯を食べているのか、その理由を質《ただ》しているんだ」

「ああ。それならそうと先に言ってくだされば、それなりの返事をしたんですけど、まあ、今からでも遅くないから説明すると、センセイの原稿の進み具合をチェックしに来たら、あいにくのお留守で、でも、聞けばすぐ戻られるということだったから、それならここで待ってますと言っている最中、偶然お腹《なか》が『グウウ』と鳴り、それを聞いた天使のような八千代さんが『お腹がすいていらっしゃるのですか？』と尋ねてくれたものだから、至極正直に『はい、とっても』と答えたんです。――だってほら、通例に従えば、正直に答えると、銀の斧《おの》やら金の斧やらがもらえるでしょう？」

「そうだっけ？」

それは、湖に落し物をした時の問答だったはずだが、真にとって細かいことはどうでもいいらしい。

「そうなんです。それで、僕の場合、それがご飯だったわけで」

スプーンを持ったまま当然のごとく言われ、彩人が肩をすくめる。

「それにしても、随分と都合のいい腹の虫だね。――でも、ここが京都なら、君、確実に、ただの図々《ずうずう》しい客ということになっているよ」

「よかった、鎌倉で。――気分は、東南アジアですけど」

「へえ」

「ココナッツ風味がたまらない」

「ふうん」

「グリーンパパイヤも」

どんなにつれなくしても一向にへこたれない相手に対し、彩人は別の側面から攻めてみる。

「それはそうと、君、さっき原稿がどうのと言っていたようだけど、そもそも、原稿以前にまだ『花みくじ』に使う花が決まっていない——」

だが、言い終わる前に、真が左手で大きなダイニングテーブルの隅っこを指し示したので、とっさに口をつぐむ。

その隙《すき》に、真が言った。

「花なら、ほら、あほこ、あほこに置いてあひます」

若干言葉が変なのは、熱いカレーを頬張っているせいだろう。辛《かろ》うじて聞き取れた彩人は、視線を動かしてテーブルの端を見た。

そこに、三種類の花が無雑作に置かれている。

ベビーピンクの八重咲きチューリップに、藤色と白のヒヤシンス。

さらに、枝花として赤みの強いハナモモがある。

「へえ。今回は、また王道といえる花ばかりだね。さすが、春というべきか。——それで、これ全部、君が選んだのかい？」

「まさか」

水を飲んだ真が、さっきよりクリアーな口調になって応じる。

「いつものごとく、庭を歩いていたら、サユリさんに渡されたんですよ。――そういえば、サユリさんって、いつも唐突にスッと現われますよね～。毎回、驚いちゃって。アレ、なんとかなりませんかねえ」

彩人が、チラッと真に視線を流す。その口元を彩《いろど》る微苦笑。

残念ながら、なんとかなりませんかと言われたところで、彩人にはなんともしようがない。何故《なぜ》なら、彩人には、真の言う「サユリ」が見えないからだ。それこそ、気配だけなら、庭の手入れをしている時にふと感じることはあるのだが、どうしてか、一度も見たことがない。ほぼ、毎日庭に出ているというのに、だ。

見えないのが悔しくて、小学生の頃に一度、徹夜で庭を歩きまわったことがあるのだが、結局、ついぞその姿を見ることはなく、ただただ、体中を蚊《か》に刺されるという悲惨な結果に終わった。

以来、「サユリ」は、見える者だけに見える特別な存在なのだと、諦《あきら》めた。

では、そもそも、「サユリ」とはなんなのか。

簡単に言ってしまえば、宮籠邸の広い庭、別名「花の迷宮」に昔からいるといわれている何者かにつけられた呼称である。ただ、すでに述べたように、その存在は見える人間にしか見えず、本当にいるのかどうか、たしかなことは言えない。ゆえに、幻影と思う人間もいれば、幽霊や精霊と考える人間もいる。

一つ確かなのは、宮籠家では女性だけが見ることができ、その者が「華術師《かじゅつし》」としてこの家を引き継いできた。つまり、鎌倉時代にこの地に根付いた宮籠家は、代々、「サユリ」から渡される花の意味を読み解く「華術師」の家系であったのだ。

その血統は、宮籠家の女性を通じて連綿と受け継がれてきたが、十数年前、継承者であるはずの彩人の母親と妹が、ともに飛行機事故で亡くなり、それからしばらくして隠居の身にあった祖母も身罷《みまか》ったため、「華術師」は、事実上消滅した。

残された彩人は、ひとまず宮籠家を相続したものの、本来なら出ていくはずの存在である彼が残って、いったいなんになるというのか。「華術師」を受け継ごうにも、「サユリ」の姿が見えないのは、とうの昔に実証済みである。

そんな彩人の前に、突如現れたのが、立花真だった。

真は、かつて「華術師」であった彩人の母親の代弁者として父親が携わっていた「花みくじ」という占いコーナーを復活させたかったらしく、渋る彩人を説得し、さらにあろうことか、宮籠家の女性にしか見えないはずの「サユリ」から当然のごとく花を受け取り、彩人のところに届けるようになった。

なぜ、「華術師」ではない真に、「サユリ」の姿が見えるのか。しかも、まったくの無自覚に——。なにせ、真は、「サユリ」のことを、この家のお手伝いさんか何かだと思い込んでいる。

彩人も、説明が面倒なので、誤解を解かず、そのままにしていた。

ただ、それゆえ、彩人は、真を通じて「サユリ」から届けられる花のメッセージを読み解く必要に迫られ、結果、父親のあとを継いで、「花みくじ」の原稿を引き受けざるを得なくなったのだ。

その時に彩人につけられた新たな肩書が、「華術師」であった。

彩人は決して「華術師」ではなかったが、プロフィールに勝手につけられていたその肩書を著者校閲の際にチェックしそこなってしまったために、それがそのまま掲載されてしまい、なおかつ「華術師・彩《あや》の花みくじ」はよく当たると評判になったため、気づけば、じわじわとその呼称が世間に浸透し始めていた。

だが、正直、その肩書が定着すればするほど、彩人は、なにかいけないことをしているような、後ろめたい気になっていった。だから、せめて、自分からは極力触れないようにしているのだが——。

真が「そういえば」と告げる。

「相変わらず『華術師・彩の花みくじ』はとても評判が良くて、センセイ宛《あ》てにお手紙がたくさんきているんです。こうなってくると、『華術師』として、そろそろ対談とかイベントとかやってもいいのではないかと思っていて、手始めに、サイン会なんて、どうでしょう？」

「本も出していないのに？」

「本なら、『華術師・彩の今月のひとはな』を、花の写真を増やしてエッセイ本にまとめようっていう話が出ていますよ」

「へえ」

「あるいは、『華術師・彩の公開花占い』なんてどうです。雑誌に応募券をつけて、抽選で当たった人に『彩』先生に花を見立ててもらい、幸せを切り開く――」

「却下」

言下に断った彩人が、「そもそも」と不機嫌そうに続ける。

「君、僕をバカにしていないかい？」

「滅相もない。純粋に面白そうだと思って提案しているんです。センセイこそ、なんで乗り気じゃないんです？」

「そりゃ、僕は、占い師じゃないからだよ」

「なら、なに師なんです？」

「『庭園設計士』だよ。――だいたい、いつも言っているだろう。『華術師』なんていうのは名前だけで、実体のないものだって」

事実、「華術師」というのは、正史には一切触れられず闇《やみ》に消えた存在である。

それでも、細々と伝わるところによると、陰陽師《おんみょうじ》などと同じように、天地の理《ことわり》を知ることで自然を操り、特に植物を通じてさまざまな神事を行った人々のことを言ったようだ。その祖は、穀物だけを身につけて踊ったアメノウズメとも、植物の神であるコノハナサクヤビメとも考えられているようだが、もちろん、なんの根拠もない。

「とにかく」と、彩人が宣言する。

「僕は『華術師』の呼称をこれ以上広げる気は、さらさらないから」

それに対し、聞いているのかいないのか、真はカバンの中を探りながら「それはそうと」と話題を戻した。

「手紙、持ってきたんですけど、ちょっと気になる内容のものもあって……って、あれあれ？」

がさごそとひっくり返しながら「ない。ないぞ」と続けた。

ややあって、顔をあげた真が間の抜けた口調で訊く。

「なんでないんでしょう？」

「さあ」

「もしかして、僕、センセイへのお手紙の束、カバンに入れるつもりで、会社の机に置きっぱなしにしてきましたっけ？」

「知らないよ」

呆《あき》れて彩人が顔をそらした時だ。

「彩人！」

玄関口で大声が響いた。それとともに、廊下をずんずんと突き進んでくる恐ろしげな足音がする。

「彩人！　帰っているんでしょう!?」

一瞬、「ジョーズ」のテーマ曲が頭をよぎった彩人の耳に、その声はさらに響く。

「いい、彩人！　隠れてないで、今すぐ、出ていらっしゃい！」

別に隠れているわけではなかったが、声を聞いた瞬間から、彩人は本当にどこかに隠れたくなっていた。もし、ここに「どこでもドア」があれば、たとえ地獄につながろうと、一も二もなく使っただろう。

だが、現実に「どこでもドア」はなく、彩人は諦めてリビングから顔をのぞかせる。

「そんなに連呼しなくても、僕はここにいますよ、橙子さん」

「あら、本当にいたんだ？」

「いると思ったから呼んでいたんじゃないんですか？」

「呼べば、埼玉からでも飛んでくると思ったのよ」

「正確には、茨城です」

「どっちだって同じよ」

無茶苦茶だが、たしかに、それくらいの迫力はあったかもしれない。

彼女の名前は、仙堂《せんどう》橙子。

彩人の叔母で、数いる父方の親戚《しんせき》の中では、現在唯一《ゆいいつ》付き合いのある人間だ。というのも、彩人の父親は、生け花の家元である仙堂家の後継ぎでありながら、親類縁者の反対を押し切って宮籠家の婿《むこ》養子となったため、本家からは疎《うと》まれているからだ。

バツイチ独身。

大学生になる息子が二人いる橙子は、伝統的な生け花の世界では自分の能力は生かしきれないと思ったらしく、そこを飛び出し、華道家として大成功をおさめていた。今ではあちこちで華道教室を持ち、教え子たちが働く場を持てるよう、アレンジメントが売りのフラワーショップを全国展開するなど、幅広く商売をしている。

五十路《いそじ》に乗った今も若々しく、そのエネルギーは年下の彩人を軽く凌駕《りょうが》するほど、体中に満ち満ちていた。

橙子が、忙《せわ》しなく続ける。

「それで、桜はどうだった？」

「完璧《かんぺき》ですよ。このまま室温調節しておけば、『桜の祭典』にはパーフェクトの状態で出せると思います」

彩人の主な仕事は庭園設計で、大手建築会社とフリーランス契約を結び、個人宅からかなり大きな公共施設の緑化計画まで多彩にこなす。本場イギリスでガーデニングの勉強をしたこともあり、自然を生かした庭づくりを得意としていた。

ただ、それ以外にも、設計の仕事の合間を縫い、花農家や苗木生産者とのコネクションを生かした花卉《かき》の斡旋《あっせん》も行っていて、華道家である橙子は、しょっちゅう「白いバラを、今日中に百本用意しろ」とか「青い花をなんでもいいからあるだけ持ってこい」など、無茶な注文をして来る客の一人だった。もっとも、彼女の場合、滅多に斡旋料など払ってくれないので、正確に言えば「客」ではない。単に、こき使われているだけである。今日の出張だって、彼女の無茶ぶりを受けてのものだった。

「『桜の祭典』じゃなく、『桜とうさぎの祭典』よ」

彩人の間違いを訂正してから、橙子がホッとしたように言う。

「でもまあ、それを聞いて安心したわ。――で、肝心の桜は？」

「ああ、そうだ」

そこに至って彩人は、自分が八千代に仕事をお願いしたまま、無駄に時間を過ごしていたことを思い出す。

「八千代さんに、温室のほうに移してもらっています。僕も、着替えたらすぐに行こうと――」

だが、その言葉が終わらないうちに、橙子はもう後ろ姿を見せて遠ざかっていた。

「……やれやれ」

長時間の出張では疲れなかったのに、この数分でどっと疲れた彩人が、当初の目的を遂行するため歩き出そうとすると――。

「あ～や～ひ～と」

甘く軽やかな声で背後から呼ばれた。

今日は、千客万来だ。

振り向くと、そこに「ダンディ」を体現したような美丈夫《びじょうふ》が立っていた。

彩人は、少々驚いて、その名を呼ぶ。

「千利《せんり》先輩？」

彫の深い顔立ちは洋風なのだが、立ち居振る舞いが典雅であるせいか、和服姿もさぞかし似合うだろうと思わせる男の名前は、千利一寿《かずとし》。

私立の男子校に通っていた彩人の中学高校時代の先輩で、「花の仙堂」に対し、「茶の千利」と謳《うた》われる茶道の家元の後継ぎだ。昔から彩人を可愛《かわい》がり、なにかにつけてはこうして顔を覗《のぞ》かせる。

だが、ここしばらくは、まったくと言っていいほど顔を合わせていなかった。大人になり、それぞれ自分のことで手一杯になっているからだろう。

そう思って気にしていなかった彩人と違い、千利はその不満を口にする。

「彩人。お前、ホント、冷たい」

「なんですか、開口一番」

「だって、そうだろう。僕が家のことで身体《からだ》があかなければ、ちょっとくらい、お前の方から様子伺いに来てくれてもよさそうなもんなのに、一向に来る気配がない」

「こっちも、忙しかったんですよ」

「だが、半年だぞ、半年。半年も世話になっている先輩を放っておくか、普通?」

そこで、少し考えた彩人が、言う。

「半年くらいなら、放っておくんじゃないですか、普通」

「——お前は、クジラか」

たぶん、時間の感覚がのんびりし過ぎていると言いたいのだろう。千利が恨みがましく続ける。

「まったくつれない。僕なんて、月を見あげてはお前の遠さを思い、降る雪にお前の冷たさを感じていたというのに。そして、花に急《せ》かされ、ついにこうしてやってきた」

「それは——」

彩人は、言葉につまって口をつぐむ。

かなり不気味だ。

昔から、冗談を本気っぽくするのと本気を冗談っぽくするのが実に巧みなため、その境界線がわからないのが、この先輩の特徴だった。そして実際、学生時代には、本気とも冗談とも取れる過激な一言で、気に入らない相手を何人も登校拒否にしてきた。外見に似合わず、実にコワイ先輩なのだ。

気を取りなおした彩人が、「それで」と尋ねる。

「今日はなんのご用でいらしたんでしょう?」

「用がないと、ここには来ちゃいけないのか——と言いたいところだけど、実際に用はあって、茶会で使う茶花を見繕わせてもらえないかと思って来たんだ」

「へえ」

性格はどうあれ、茶道に関しては完璧を期する男である。一旦《いったん》茶会をもよおすとなれば、そのテーマにあったものをじっくり吟味し、厳選して配置する。それは、茶花一つとっても変わらない。

「この時期ということは、利休忌《りきゅうき》ですか?」

「いや。主催するのは、僕ではなく」

「ああ、お弟子さん」

「そう。茶道を始めてまだ数年の子なんだけど、お金持ちのお嬢様で、自宅に立派な茶室を作ってもらったらしく、その落成記念に親しい人たちを集めて茶会を開くことにしたそうなんだ。もちろん、亭主になるのなんか初めてで、とてもではないけど、外部の人間を招《よ》べるレベルではない。だから、素人《しろうと》でも広げやすいように、テーマは『釣り釜《がま》』がいいのではないかと助言したんだけど、どうしてか、茶花で用意したのが梅咲空《うめざきうつ》木《ぎ》で」

「ああ。それは、たしかに、ちょっとまずい」

梅咲空木は、別名「利休梅」と呼ばれるこの季節の花だ。

「そう。茶道界における最大の祭事である利休忌を匂《にお》わせる花を使うのは、いくら身内といえどもまずいだろうというので、急遽《きゅうきょ》、ここに茶花を見繕わせてもらいに来たというわけだ」

「なるほどねえ」

納得した彩人が、提案する。

「テーマが『釣り釜』なら、風に揺れる様子を思わせる雪柳なんて、どうです。今なら都忘れも咲いているので、合わせて掛け入れに生けると、いいと思いますよ」

「雪柳か。いいね」

「まあ、他にも色々と咲いていますので、お好きにどうぞ」

そう言って踵《きびす》を返した彩人は、今度こそ着替えのために自分の部屋へと向かった。

2

着替えついでに急ぎの事務作業を二、三済ませた彩人が降りてくると、ちょうど大きなお盆を両手で持ってリビングに入ろうとしている八千代と出くわした。

「あ、八千代さん。もう、あっちは終りましたよね？」

「はい。橙子様のご検分のもと、すべて移し終えました」

「そうですか。すみません、結局、全部やらせてしまって」

「いえ。それで、お茶の準備のほうも整いましたので」

「お茶の準備？」

彩人が訝《いぶか》しげに訊き返す。

「お茶の準備って……」

「はい。橙子様によれば、彩人様が、橙子様のお持ちになったケーキを皆様でお召し上がりになりたいから、至急、お茶の準備をしてくれと私に申し付けたということでしたが」

「そんなこと、頼んでませんよ。――それに、皆様って、まさか」

そこで、両手でお盆を抱えている八千代のためにリビングのドアを大きく開けてやった彩人は、そこのテーブルに思い思いに座って話し込んでいる真と橙子、さらには千利一寿の姿を見出だして、頭を抱えた。

こっちを見た橙子が、言う。

「彩人、あんた、やけに遅いじゃない。着替えるのにそんなに時間をかけて、どんだけお洒落《しゃれ》さんなの。――その割に、着ているものは普通だけど」

「当たり前です！」

これから仕事をしようと思っている人間が、お洒落などするわけがない。

ジーンズに長袖《ながそで》のTシャツ、その上に丈の長いカーディガンを羽織るというシンプルな出で立ちをした彩人は、居並ぶ面々を眺めやり、「――というか」と端から順に質して行く。

「のん気に話してますけど、千利先輩、お茶会はどうしたんです？　茶花は？」

「慌《あわ》てなくても、お茶会は亭主の都合で夕方からだし、茶花は人をやって届けさせたから、今は手が空いている」

眉間《みけん》にしわを寄せた彩人が、真に視線を移して言う。

「立花君。君だって、いい加減会社に戻ったらどうだい？　仕事があるだろう？」

「あ、大丈夫で～す。橙子先生と千利先生と彩センセイの打ち合わせがいっぺんにできそうですと編集長に連絡したら、午後の会議には戻らなくていいと言われたので、この状態が、即ち、今の僕のお仕事なんです」

ちなみに、千利は、その眉目秀麗《びもくしゅうれい》な外見から茶道界のプリンスとして名高く、「花とラビリンス」にも四半期に一度という稀《まれ》なペースで、「千利一寿の季節の茶ばな」というエッセイを寄稿している。そして、その担当編集者が真なのだ。

彩人の眉間のしわが深くなった。

「……それはまた、随分と楽な仕事もあったもんだね。正直、ナマケモノのほうが、君の何倍も働いているだろうよ」

「またまた、冗談がお好きなんだから」

立花真は、決してへこたれない。

「――で」

彩人が、唯一の親戚に顔を向けて訊いた。

「橙子さんは、桜以外にもまだ用があるんですか？」

「あるわよ。私のために埼玉くんだりまで行ってきてくれた可愛い甥《おい》っ子のために、美味《おい》しいケーキを買って来てあげたの。だから、それをみんなで食べましょう」

「……だから、茨城です」

訂正するが、端《はな》から訊く耳など持っていやしない。しかも、ケーキで済まそうというのだから、今回もタダ働きで決まりということらしい。

そんな彩人の胸のうちなど知る由《よし》もない真が、諸手《もろて》をあげて喜ぶ。

「わーい、ケーキ」

「……『わーい』って、君、お昼を食べたばかりじゃないか」

「そうですけど、スイーツは別腹です」

「そうよねえ」

橙子が、嬉《うれ》しそうに同調する。

女子か。

突っ込みたいが、今は突っ込む気力も残っていない。敗北感に苛《さいな》まれ力なく腰をおろした彩人に、八千代が絶妙のタイミングで訊く。

「彩人様は、コーヒーでよろしいでしょうか？」

「ああ、はい」

言った途端、銀のポットから流れだしたコーヒーが良い香りを放つ。

その前で、真が「これぞ」と言った。

「まさにアリスのティーパーティですね。――となると、いったい誰が、アリスだろう？」

言いながらグルリと見まわし、真っ先に決定する。

「センセイは、どう考えても、眠りネズミ《ドーマウス》ですね」

指で差された彩人が、心外そうに訊き返す。

「僕？」

「そうですよ。いつ来てものんべんだらりとしているセンセイ以外に、眠りネズミはあり得ないでしょう」

失礼な言い分に、当然彩人は不満を表明しようとするが、その場の誰一人として反論してくれなかったので、なんとなく文句を言いそびれる。

「それなら」

興が乗ったように、橙子が言う。

「立花君が三月ウサギで、千利君が帽子屋ね」

「まあ、異論はありませんよ」

帽子屋に指名された千利が答え、真は、ちょっと残念そうに「三月ウサギかあ」とつぶやいた。

「それより、アリスがいいんですけど」

「あら、なに言っているの。どう考えても、アリスは私でしょう。この中で唯一の女性なんだし」

五十路を過ぎた橙子が、堂々と主役に名乗りをあげる。

たしかに、冒険好きな感じは「アリス」っぽいが、なんとなく全員が「う〜ん」となり、真が愚《おろ》かにもその違和感を口にする。

「橙子先生には、もっとピッタリな役がありますよ」

「なに？」

「ハートの女王様」

とっさに「ああ」と納得してしまった彩人と千利が、同時に「あ、まずい」と気づいて様子を窺《うかが》えば、やはり細めた目で不機嫌そうに一同を見まわした橙子が、右手をスッとあげ、人さし指で全員をグルリと指し示して宣言した。

「全員、首をちょん切ってやる！」

「ひゃあ～」

失態を挽回《ばんかい》すべく、真が慌てて話題を変える。

「そ、そういえば、橙子先生、品川のホテルで開催される『桜とうなぎの祭典』で、桜を生けるんですよね？」

「悪いけど、そんなにニョロニョロしてない。――『桜とうさぎ』ね」

「あ、うさぎか」

「そ。うなぎだと、せっかくの桜が、かば焼きの煙で見えなくなっちゃいそうだし」

「たしかに、そうですね。失礼しました。――でも、そもそも、なんで『うさぎ』なんでしょう？」

真が、新たに疑問を投げかける。

「うさぎといえば、普通、秋ですよね？」

「まあ、月と関係が深いから、月見の季節に登場しやすい動物ではあるわね。でも、四月の旧名は卯月《うづき》だし、まったく関係ないこともないんじゃない？」

「旧暦の卯月は、現代における二月ですけど」

さりげなく口をはさんだ彩人に、千利が続く。

「今回のうさぎは、洋物ですよ」

「洋物？」

「はい。期間中に、ちょうど復活祭《イースター》があるので、昨今の流行を取り入れて、前後合わせて三日間、庭園内で『エッグ・ハント』を開催するんです」

「そうか。復活祭といえば、うさぎですもんね。もちろん、理由なんて、これっぽっちも知りませんが」

真の無責任な発言に対し、「復活祭のうさぎは」と彩人が横から教える。

「本来、『飼いうさぎ《ラビット》』ではなく、『野うさぎ《ヘアー》』のほうで、月と関連づけられると考えられてきたからだろうね。そして、月は、ほぼ一ヶ月周期で満月から新月、新月から満月へと復活を遂げるという意味で、再生そのものを表しているため、復活祭のシンボルとなったのではないかと。——もっとも、単純に、その繁殖力の強さを買われて一年の豊《ほう》穣《じょう》を願う日の動物に祭りあげられたとも考えられるけど」

「なるへそ」

納得する真に対し、そんなことは百も承知であるらしい千利が「話が逸《そ》れてしまったけど」と会話を元に戻した。

「今度の『エッグ・ハント』はチケット制で、庭園内で見つけたイースターエッグと引き換えに、ホテルの宿泊券などの景品をもらえるという仕組みになっているんですよ。まあ、日本古来の観桜と西洋の復活祭というのは妙な取り合わせですが、あくまでも宗教色を排したただのイベントとなっているようだし、場所柄、外国人客も多いから、そこそこいける企画ではないかと考えています」

「へえ」

全員が意外そうに茶道界のプリンスを見る。そのうち、橙子が代表して訊いた。

「千利君、やけに詳しいじゃない」

「まあ、あのホテルとはゆかりがあって、いちおう、関係者ですから」

「関係者？」

「はい。——というのも、『エッグ・ハント』のチケットには、庭園内にある茶室で和菓子とお茶を頂ける無料券がついているんです。それを仕切るのが、うちなんですよ。もちろん、一般客に振る舞うのは門下生たちですが、僕も、その三日間は時間が許す限り茶室につめて、関係者にお茶を点《た》てることになっています。良かったら、橙子さんもいらしてください。――ああ、そうだ。ちょうどそのチケットを持ってきているので、興味があれば、『エッグ・ハント』のほうもどうぞ」

「あら、いいの？」

千利が無雑作に十枚ほど置いたチケットを、早々、橙子と真が取る。

「あ、かわいい。イースターエッグだ」

チケットに描かれた絵を見て、真が嬉しそうに言う。

千利が説明を付け足した。

「そういえば、そのチケットと当日使うイースターエッグのデザインは、それこそ、今日、これから行くお茶会を主催する、お金持ちのお嬢様が担当したんですよ。彼女、学生時代に描いた絵が新聞社主催の絵画展で入賞して以来注目されるようになり、日本画壇に現れた新星として、一躍スターダムにのし上がったんです。――あ、そうそう。たしか、同じホテルに、その時の入賞作品が飾られていたはずだから、それも、時間が合ったらご覧になるといいかもしれません」

「へえ。まあ、若い人が頑張ってくれるのは、いいことよね」

橙子の寛大な言葉にうなずき、千利が彩人に向かって言う。

「彩人も、よかったらおいで。久しぶりに、僕の点てたお茶が飲みたいだろう？」

「……まあ、ヒマがあれば」

彩人が応じた時だ。

「――あの、ちょっと失礼」

リビングに面したテラスのほうで声があがり、みんなの視線がそっちを向く。

そこに、桜の枝を手にした女性が立っていて、コノハナサクヤビメとも見まがう美しい立ち姿を認めたとたん、彩人と真が、ほぼ同時に声をあげる。

「おや、朽木《くちき》刑事じゃありませんか」

「おお！　アリス・イン・ワンダーランド！」

鎌倉署の刑事である朽木英子《ふさこ》とは、去年の夏前に、この近くで起きた轢《ひ》き逃げ事件のことで顔見知りとなった。以来、道ですれ違った時に挨拶したり、ヒマなら立ち話をするくらいの関係を保っている。そんな英子は、刑事にしておくのは惜しいくらい、人に媚《こ》びない美しさがあった。

まさに、歩く姿はユリの花。

席を立って迎えた彩人の背後で、橙子と千利が、ことの展開に興味津々《しんしん》の体《てい》で真を突いている。

それを疎《うと》ましく思いつつ、彩人が英子に言う。

「どうも。もしかして、白ウサギのあとを追って穴に落ちました？」

「――はい？」

「ああ、いえ。すみません。こっちの話」

片手を振って自ら退けた彩人が、改めて訊く。

「それにしても、珍しいですね。どうしました？」

「どうしましたと言われると、たいした用事ではないんですけど、その前に、なにかまずいタイミングだったんでしょうか？」

さすがの英子にも、彩人の背後でワサワサしている大人たちが気になるようだ。

「そんなことはないですよ。ただ、外野が少しうるさいだけで」

「たしかに、にぎやかなようで」

相変わらずはきはきした様子で応じた英子が、早速、本題に入り、「実は、これが」と手にしていた桜の枝を差し出して続けた。

「歩いている私の上に落ちてきたので、どうしようかと思いまして」

桜の枝を見おろし、彩人がいぶかしげに首をかしげる。

「落ちてきた？」

「はい」

「貴女《あなた》の上に？」

「ええ」

うなずいた英子が、もう少し詳しい説明を試みる。

「稲荷神社からの帰り、いつものようにここの前を歩いていたら、ちょうど車が通りかかったので脇《わき》に避《よ》けたんです。そうしたら、ポトンと上から落ちてきました」

「若枝が勝手に、ですか？」

「そうです」

「貴女が折ったのではなく」

とたん、英子の柳眉がつりあがる。

「それは、心外ですね。仮にも警察官である私が、他人様《ひとさま》の家のものを勝手に折るわけがないじゃないですか」

「そうですね。失言でした。でも、自然と折れるようなものでもないので、ちょっと不思議に思いまして。……強風が吹いていた様子もないし」

「だけど、落ちて来たんです。もしかして、なにかの拍子に前に折れたものが、今になって落ちてきたのかもしれませんけど、とにかく落ちてきて、最初はそのまま放っておこうかと思いましたが、見たところ、まだ生き生きしていて、水にさすなり土にさすなりすれば花が咲くように思ったから、こちらにお持ちしました。——ここに入る前に、いちおう呼び鈴を押したんですけど、応答がなくて、お留守かと思ったら中から声がしたもので」

「声？」

「はい。――全員、首をちょん切ってやる――とかなんとか」

「ああ」

「もちろん、私の聞き間違いでしょうけど」

「いえ、一概にそうとも……」

彩人がチラッと叔母を見れば、さすがに体裁の悪い顔をしている。

肩をすくめた彩人が、桜に目を戻し、「それはともかく、そうですか」と改めて事実を受け止める。

「貴女の上に、桜が落ちてきましたか」

その言い方が、なにか含みを持つものであったため、今度は英子が小首をかしげて彩人を見つめる。

「……それが、なにか？」

「いえ」

応じながら、彩人はもの言いたげに英子を見返した。見つめ合う二人の間を、馥郁《ふくいく》たる春の風が吹き過ぎる。

ややあって、彩人が言った。

「この桜、当然、朽木刑事に持って帰る気はないんですよね？」

「そうですね」

「桜が、警察官を象徴する花でも？」

「ええ」

あっさり応じた英子が、同じように淡々と続ける。

「持って帰ったところで世話をする気もないので、それよりはと思って、こちらにお持ちしたわけですから」

「なるほど」

英子は、女性でありながら、花というものに一切興味がない。花と団子、どちらがいいかと問われたら、一も二もなく団子を選ぶタイプだ。

彩人が苦笑していると、背後で真が言った。

「センセイ。桜が『アリス・イン・ワンダーランド』にメッセージを伝えているのだとしたら、それはもう、『マーダーランドへ、いらっしゃ〜い』ってことなんじゃありませんか？」

嬉々《きき》とした口調には、溢《あふ》れんばかりの好奇心が満ち満ちている。それが、まるで事件を待ち望んでいるかのように思えた彩人が、少々冷たい視線を流す。

「立花君。君、なにを期待しているんだい？」

「な〜んにも。やだな、センセイ。殺人事件が起これなんて、そんなヒジョウシキなこと、これっぽっちも思ってませんよ。――ただ、中には、すでに起こってしまった事件だってあるかもしれない。まだ、気づかれていないだけで」

するとと、真の横で、千利が言う。

「よくわからないけど、それって、『桜の樹《き》の下には屍体《したい》が埋まっている』っていう、アレのこと？」

「そうです、そうです」

「へえ。おもしろそう」

彩人が天を仰ぐ。

考えてみれば、ここは変人どもが集まる不思議の国のティーパーティなのだ。彼らの言うことをまともに取り合っても、バカを見るだけである。そう思い直し、眠りネズミのごとく、無視することにした。

そんな彩人に、英子が訊く。

「もしかして、その桜、私になにか伝えようとしているんでしょうか？」

英子は刑事であるが、彩人が「華術師」というものの末裔《まつえい》で、花を通じて人にメッセージを届ける役目を負っていることは知っていて、しかも、実際にメッセージを届けるる姿を見ているせいか、信じる、信じないはどうあれ、そのことを頭から否定する気はないようだった。女性ならではの柔軟さかもしれない。

彩人が、「まあ」と応じる。

「これが、貴女の上に落ちて来たのならそうだと思いますが、残念ながら、この段階では、まだ何とも言えません。――でも、ああ、そうだ」

そこで、なにを思ったのか、彩人が、テーブルの上にあったチケットを手に取り、英子に向かって差しだして言う。

「この枝を持って帰るのが面倒なら、代わりにこれをどうぞ」

「なんですか？」

受け取る前に、英子はいかがわしげに確認する。そのあたりの慎重さは、さすが警察官といえよう。

「怪しいものではありませんよ。来週、品川のホテルで開催されるイベントのチケットです」

「あら、美味しそう」

「美味しそう？」

「『桜とうなぎの祭典』でしょう？」

「『うさぎ』です。『桜とうさぎの祭典』」

「あ、本当だ。失礼しました。グラフィカルな文字で読みにくかったから。――でも、それなら、どんな食べ物が？」

　あくまでも食べることにこだわる英子に、彩人が「……いや、だから」と言い難そうに説明する。

「これは食の祭典ではなく、桜の鑑賞と復活祭《イースター》のイベントが一緒になったものなんですけど、朽木刑事も日本人なら、たまには桜くらい見たいのではないかと思って」

　だが、言葉の途中で彩人の手を遠ざけた英子が、「ごめんなさい」と、少しだけ固い声で応じた。

「実は、私、桜が苦手――」

　だが、最後まで言う前に、背後から真がふたたび口をはさんだ。

「アリス・イン・ワンダーランド。それがあれば、お茶と高級和菓子がタダで食べられますから、ぜひご一緒に――」

　とたん、彩人の手からチケットを抜き取った英子が、踵を返して応じた。

「そうですね。行けたら、行きます」

　その変わり身の早さに、度肝《どぎも》を抜かれた彩人だったが、遠ざかる背中が見えなくなる直前に、なんとか気を取りなおして申し出る。

「良かったら、行く前にご連絡をください。案内しますから」

　それに対する返事はなく、背中越しにヒラヒラとチケットを振って、英子は颯爽《さっそう》と姿を消した。了解の合図とも「一昨日《おととい》来やがれ」という拒絶のメッセージとも取れる仕草だった。

英子の姿が見えなくなったところで、真が「そうか～」と嬉しそうに言う。

「マーダーランドか～」

ふり返った彩人が、諌《いさ》める。

「だから、立花君。まだ、なにも起こっていないだろう。だいたい、そんな不吉なことを言って、本当にそうなったらどうする気だい」

「でも、センセイ。刑事と桜といえば、もうそれしか、考えられないじゃないですか」

千利が、口をはさむ。

「『桜の樹の下には屍体が埋まっている』といったのは、梶井《かじい》基次郎《もとじろう》だっけ？」

「坂口安吾《さかぐちあんご》にも、そんなようなタイトルの本がありますよ」

「古くは、西行《さいぎょう》が満開の桜の下で死にたいと歌い、望み通り、桜の下で亡《な》くなったことになっているわよねえ」

橙子までもが好奇心丸出しで言い始めたため、溜息《ためいき》をついた彩人は、ここでも眠りネズミになることにして、手にした桜を見おろした。

「……それにしても、桜ねえ」

桜というのは、なかなかやっかいだ。

それだけ、人の想《おも》いが込められやすい花なのだろう。

3

一時間後。

ようやくうるさい人間がいなくなった静かなリビングで、八千代が片づけてくれたテーブルに信楽《しがらき》焼きの花入れを置いた彩人は、そこに桜の枝を生け、風に揺れる蕾《つぼみ》を眺めながら和歌を口ずさむ。

「この花の、ひとよのうちに百種《ももくさ》のことぞ隠《こも》れる、おほろかにすな」

テーブルの上の埃《ほこり》を取っていた八千代が、顔をあげて静かに言う。

「万葉集ですね。……たしか、藤原広嗣《ふじわらのひろつぐ》でしたか」

「そうだったと思います」

うなずいて、彩人は庭に視線を移した。

庭の桜もほころび始め、この暖かさなら、来週には五分咲きから一気に満開になるだろう。

期待と、散りゆく未来への不安がないまぜとなって押し寄せる。

桜の季節は、それでなくとも、なんとなく心がざわつく。それが、そこに死体があるとなれば、なおさらだ。

桜。

死体。

あるいは、もっと違うなにか――。

「ひとよのうちに百種のこと……か」

もう一度つぶやいた彩人の声は、今度は誰の耳に届くこともなく、ざあっと吹き過ぎた春の風の中に消え去った。

4

黄昏時《たそがれどき》。

鬱蒼《うっそう》と生い茂る木々の間に、男のこもったような声が響く。

「――本当に驚いたぜ。まさか、こんなところにこんなものがあるなんて」

それに対する答えはない。男の背後で夕闇《ゆうやみ》に溶けるようにして立つ人間からは、かすかな息遣いだけがしていた。

「これでも、色々と苦労したんだぜ。ホント、ひどかったよ。……でもまあ、これでようやく、俺も仲間入りできるということだな。嬉しいよ。ずっと憧《あこが》れていたんだ」

男は、さきほどから一人でしゃべっている。

勝利感に酔いしれた声。

目の前に開けた未来に対し、揺るぎない自信と希望を見いだしている者の話し方である。

実際、彼は、成功したと思っている。

自分の見つけたものが、彼の将来を保証してくれると信じていた。

だが、その時――。

彼の背後にいた人物が、動いた。

静かにしゃがみ込み、軍手をはめた両手でごつごつした石を持ち上げると、全身に力をみなぎらせ、男の後頭部に向けて振り下ろす。

ガツッと。

宵闇に、イヤな音が響く。

声もなく、男が倒れた。

そこへ、さらに二度、三度と石を振り下ろし、襲撃者は男が動かなくなるのを待つ。

死――。

誰にでも平等に訪れる死ではあるが、その訪れ方は、人によってさまざまだ。

病気。

事故。

老衰。

この男の場合、それが「殺人」という形で訪れたというだけのことである。

男を殺した犯人は、大急ぎで斜面を滑り降り、あらかじめ掘って置いた穴に血のこびりついた石を埋め込んだ。それから、斜面をあがり、すでに脈の失われた男の身体に手をかけ、かなり急勾配《きゅうこうばい》となっている山の斜面に向けて転がした。

ザザザザザ。

音を立てて、男の身体が滑り落ちていく。

あたりは、静かだった。

ものの輪郭がなくなる時間帯。

このあたりを通る人は、ほとんどない。

それでも、周囲をよく確認し、再び斜面を滑り降りた犯人は、死体の頭部が、地面に埋めた石の上に乗るようにうまく配置すると、用意してあった腐葉土をまき散らし、急いでその場をあとにした。

第二章　桜とうさぎの祭典

1

早朝。

朝霧の立ち込める道を、近所に住む主婦が愛犬を連れて歩いていた。散歩が日課になっている割に、体型はかなりふくよかだ。それもそのはずで、彼女は、住宅がとぎれ人けのない山道に入ったところで、愛犬を引き寄せ、胴体を撫《な》でてやりながら首輪からリードを外した。

とたん、犬はたったかたったと走り出し、尻尾《しっぽ》を振りながらあちこちに鼻面を押しつける。

主婦は、その様子を、道の脇《わき》にある切株に座って見守った。

今年に入ってコレステロールの値が高くなり、医者から運動するように言われて始めた朝の散歩であったが、結局、こうして座っているのだから、あまり効果はない。それでも、夫や子どもたちに言い訳がたつので、こうして毎日続けている。

それに、たいした運動はしていなくても、朝の空気を吸うだけで気持ちはとても晴れやかになった。

自然と深くなっていく呼吸。

山道に入る手前には大きな桜の木があって、五分咲きになった花を見るのも、ここ数日の楽しみだった。

昨日より今日。

今日より明日と。

桜は、確実に花の数を増やしていく。

彼女が、そうやって咲き始めた桜に見惚《みと》れていると、ふいに、愛犬の鳴き声が耳をついた。

ワンワンワンワンワンワン。

ワンワンワンワンワンワンワン。

ハッとして首をめぐらせると、先ほどまでそのへんを走りまわっていたはずの愛犬の姿が見えない。いつもなら決して彼女の視界から外れることはないのだが、なぜかどこにもおらず、尋常とは思えない激しい吠《ほ》え声だけが響いてくる。

「ピギー」

嫌《いや》な予感にかられた彼女は、名前を呼びながら立ち上がる。ちなみに、「ピギー」というのは、鼻のあたりがちょっと豚に似ているというので、家族みんなで付けた名前だった。

「ピギー！　ピギー！」

彼女が歩きながら名前を呼ぶ間も、どこかでピギーの吠え声がする。

ワンワンワンワンワン。

ワンワンワンワンワンワンワンワンワン。

いったい、愛犬の身になにが起きているのか。

「カム、ピギー！　カムヒア！」

ついには、命令口調で言った。

すると、吠え声が止《や》み、少ししてガサガサと葉っぱを踏みしだく音が近づいてきたかと思うと、雑木林から愛犬が飛び出してきた。

「ピギー！」

とっさにひざをついて迎えた彼女は、興奮してひっきりなしに足を動かす愛犬の身体《からだ》を宥《なだ》めるように撫でてやる。

「よしよし、いい子だね。ピギー。どうしたの？　なにがあったの？」

もちろん、それに応《こた》える言葉はないが、代わりに、愛犬は口に咥《くわ》えたものを差しだすように顔を彼女のほうに伸ばしてくる。

「あら、ピギー。あなた、なにを咥えているの。変なものを食べちゃダメって、いつも言っているでしょうに」

叱《しか》るように言いながら、彼女は愛犬が咥えているものを手に取った。

それは、布きれだった。

見たところ、シャツかなにかの切れ端のようである。

「やだ、ピギー。あなた、こんなもの、どこから——」

すると、するりと彼女の手を離れたピギーが、ふたたび雑木林のほうへ走っていく。

「あ、待って、ピギー！」

慌《あわ》てて立ちあがった彼女が道の端から愛犬の行方を目で追っていると、急斜面となった山肌の一部に、なにかが横たわっているのが見えた。

愛犬は、そのそばまで一直線に駆けて行くと、そこに留まり、またぞろワンワンと吠え始めた。

ワンワンワンワンワンワン。

ワンワンワンワンワンワンワンワン。

興奮しているのか、千切れそうなほど尻尾を振っている。

彼女は、そこにあるものがなんであるか確かめたかったが、自分の体型でその場所まで降りて行って、ふたたびのぼってくる自信はなかった。

だが、愛犬の様子からして、このまま見過ごしていいとも思えない。

「ピギー……」

手の中の布きれと吠え続ける愛犬の姿を見比べた彼女は、しばらくその場で悩んでいたが、やがて万が一の時のために持ってきている携帯電話を取り出すと、人生で初めての一一〇番通報をした。

2

通報を受け、回転灯を光らせたパトカーがやってきた。

それからすぐに無線で交信する音がして、しばらくすると、今度は紺色《こんいろ》の大きな車両が到着し、中から濃紺の制服を着た機動捜査隊と鑑識が降り立った。さらに、数台の覆面パトカーまでもがやってきて、背広を着た刑事たちが現場に入る。その中でもひときわ背の高い男が、ぬーぼーとした様子で辺りを見まわした。

「春なのにねえ……」

おそらく、うららかな気候と山中の死体という物騒なものが、今一つそぐわないと言いたかったのだろう。それもわかる話で、今日は、朝からなんとも春めいた一日となっていた。

近くを歩いていた同僚が、顔を向けて反論する。

「春だから、じゃないですか。暖かくなると、おかしな奴《やつ》がいっぱい出てきますから」

「ああ、かもね」

どうでもよさそうに応じた背の高い刑事は、死体の近くにいた顔見知りの鑑識や機動捜査隊の面々に挨拶《あいさつ》する。

「お疲れさまです」

「おう。来たか」

親しげに応じた相手が、ちらっと刑事の背後に視線を流し、意外そうに訊《き》いた。

「あれ、別嬪《べっぴん》の相棒はどうした？」

「今日は、非番です」

「へえ。珍しい。――呼ばなくていいのか？」

すると、周辺にいた仲間たちが「たしかに」とうなずく。

「彼女なら、休みを邪魔されることより、現場に呼ばれなかったことを怒りそうだな」

「言えてる」

「どうせ、ヒマしているんだろうし」

「なんだ。あんな顔をしていて、あいつ、デートの一つもしていないのか？」

それに対し、筋肉をほぐすようにぐるりと首をまわした背の高い刑事が、「どうですかねえ」と、やはりどうでもよさそうに応じた。

するとなにか勘違いしたらしい若い刑事が、ショックを受けたように訊いた。

「え、もしかして、朽木《くちき》さん、今日、デートなんですか?」

どうやら、「別嬪」と形容された朽木刑事に好意を寄せているようだ。

年下の同僚をチラッと見やった背の高い刑事は、すぐに「知らん」とそっけなく応じると、面倒くさそうに話題を切り換える。

「それより状況は?」

「まだ、なんとも。殺人《コロシ》かどうかも不明だ」

「鑑識の意見は?」

すると、死体のそばで、手にしたボードになにやら書き込んでいた鑑識係員が、顔をあげて答えた。

「断定はできませんが、殺人の可能性もあると思います。傷の具合が、転げ落ちた時のものか、故意につけられたものかの判別が難しいのと、この場所の様子が、どこか作為的である印象が否《いな》めないので、現在、色々と物証を取ってラボにまわしているところです」

「ふうん」

うなずいた刑事が、そこで改めて現場の状況を眺め、大して気乗りした様子もなくつぶやいた。

「……ま、一応、連絡だけはしておいてやるか」

そこで、彼は相棒である朽木刑事に電話するため、スマートフォンを取り出した。

3

それは、思ったより大きな絵だった。

深い藍色《あいいろ》の夜に、白い雪が降りしきる。

大地は白一色に染まり、カンバス中央左寄りに大きく描かれた桜には、伸ばした枝先にまで雪が降り積もっている。

しんしんと降る雪。

五分咲きの花が雪と混じり合い、その境界線を失っていく。

桜隠し――。

それが、その絵のタイトルだった。

「宮籠《みやこもり》さん」

少し離れた場所から絵を見つめていた彩人《あやひと》は、背後から呼ばれて振り返る。

現われたのは、朽木英子《ふさこ》だ。

非番だというのに、いつもと変らないパンツスーツ姿で、紺地に白というカラーコーディネイトが、彼女の凜々《りり》しさをいっそう引き立てている。

花のように美しい立ち姿であるのは間違いないが、色気の一片も感じさせない様子から察するに、どうやら、彩人は、あまり異性として意識されていないらしい。

今朝早く彼女から連絡を受け、同僚とシフトを代わったため、今日ならチケットを有効利用できるという話だったので、彩人は、待ち合わせ場所として、ありきたりな入口やロビーではなく、この絵の前を指定した。彩人自身、前に話題にあがった絵を見ておきたかったというのもあるし、捜査を専門としている刑事なら、これくらい捜し出すのはわけないだろうと思ったからだ。

それでも、五分遅れということは、少々手間取ったのかもしれない。

英子が淡々と謝る。

「どうも、こちらから誘っておきながら、お待たせしてすみません」

「いえ。この場所、わかりにくかったですか?」

「まあ、ちょっと。三人目の従業員が教えてくれました」

「それは、それは」

短いやり取りのあと、英子が絵を見あげて言う。

「きれいな絵ですね」

「たしかに。桜を描いたものとしては、間違いなく逸品といえるものでしょう。桜というのは、案外描くのが難しいものだそうですから」

「そうなんですか？」

　意外そうに彩人を見て、英子が続ける。

「だけど、日本人は桜が大好きだし、あちこちで桜の絵を見るような気もしますが」

「まあ、描くのは自由ですからね。ただ、出来栄《できば》えがどうであるかは、また別の問題なのでしょう。なんといっても、桜の美しさというのは、花木の形状や色合いにあるのではなく、咲きざまというか、変化を含む時空全体にあり、それを写し取るのは、並大抵のことではないと考えられているからです。そのことを、古くは清少納言《せいしょうなごん》が『絵に描きおとりするもの』にあげているくらいで」

「なるほど」

「もちろん、だからといって、桜の絵にロクなものがないというわけではなく、描かれた数が多い分、傑作と呼べる作品も数多く出ています。そして、この作品なんかも、僕は傑作の部類に入るのではないかと思《あ》っています」

「そうですね。――でも、出来の良し悪しとは別に、この絵、ちょっと怖い感じがしませんか？」

「怖い？」

意外そうに首をかしげ、彩人が英子を見る。

「この絵の、どこが怖いんですか？」

「さあ。どことは言い難いですけど、なんとなく、見ていると飲みこまれてしまいそうな気がして」

「飲みこまれる……？」

くり返しながら、彩人は絵に視線を戻し、改めてじっくり見直してみた。彩人が絵に背を向けていたのに対し、絵のほうを向いている英子は、話す間も、ずっと絵から目を離さない。

ややあって、彩人が納得して言う。

「言われてみれば、たしかにそうかもしれませんね」

長く見ていると、自分まで雪の下敷きになってしまいそうな感覚に襲われる。絵の中の雪が、画面を乗り越え、現実に降り注ぐような気がしてくるのだ。それは、もしかしたら、見事に描きあげられた大雪の迫力だけでなく、そこに込められた画家の怨念《おんねん》のようなものを感じるせいかもしれない。

これを、二十歳《はたち》そこそこの大学生が描いたというのは、たしかに、すごい才能だ。

彩人が、絵の下に飾られたタイトルを見て説明する。

「この絵のタイトルである『桜隠し』というのは、三月――今の暦《こよみ》だと四月に相当するのかもしれませんが、とにかく、桜が咲く頃になって降る季節外れの雪のことを言うんですよ」

「季節外れの雪……」

「つまり、本来なら降らないはずの雪に、こうして飲みこまれそうになっている桜のことを思えば、見ている側の人間が怖いと感じるのも、あながち間違ってはいないんでしょう。季節に焦点を当てて考えれば、これは、まさしく浸食の絵であるわけだし」

「雪に飲みこまれる……」

その一瞬、英子が、なにか苦いものでも食べてしまったかのように、軽く口元を歪《ゆが》めた。いったい何を思ったのか。

見逃さなかった彩人は、最近、彼女が似たような表情をしたことを思い出し、「そういえば」と尋ねる。

「朽木刑事は――」

だが、言いかけたところで、英子が、呼び方について触れた。

「こういう場所で『刑事』というのは、響きがあまりよくないでしょうから、『朽木』で結構です」

軽く眉《まゆ》をあげた彩人が、「それなら」と提案する。

「『英子さん』とお呼びしてもいいですか？」

「なぜ？」

「職業柄、『朽木』より、満開の花を思わせる『英子』のほうが、気持ちがいいので」

英子が、肩をすくめて言い返す。

「だったら、私は『センセイ』とお呼びしようかしら」

「――あ、いや。それは、勘弁願います」

彩人が、本当に嫌そうな表情をしたせいか、英子がクスッと笑って、口元をほころばせた。きれいな女性は怒った顔もきれいというが、それでも、やはり笑顔がきれいであるのが一番いいと思える、そんな魅力的な笑顔だった。

コホンと咳払《せきばら》いした彩人が、言う。

「それでは、朽木さん」

「英子でいいですよ」

「英子さん。この前、桜が苦手とおっしゃっていましたよね？」

「――ああ、よくご記憶で」

若干声を低くした英子に、彩人は訊いた。

「あれは、かなり本気でおっしゃっているように思えたのですが、もしかして、冗談ではなく桜が苦手なんですか？」

「……まあ、そうですね」

ためらいがちに、英子は認める。

「これでもいちおう日本人だし、咲いている桜に関しては、私でもいいなと思って足を止めることはありますが、散り始めた桜だけは、ちょっと……」

「お嫌いですか」

「嫌いというより、苦手です」

英子は、花全般に興味がないが、その彼女をしても、桜は別格らしい。

というのも、なにかに対し苦手意識を持つということは、少なくとも、そのものが彼女の眼中にあるということに他ならないからだ。人は、興味のないものには、目もくれない。

だが、それなら、彼女をして唯一《ゆいいつ》気にかかるという桜の若枝が頭の上に落ちてきたということには、いったいどんな意味が秘められているのだろう。「サユリ」は、彼女になにを伝えようとしているのか。

少し躊躇《ちゅうちょ》したのち、英子が白状する。

「――正直に言うと、桜そのものは苦手ではないんですけど、それから連想されるものが苦手で」

「連想ねえ」

チラッと絵の方に視線を流した彩人が推測する。

「それって、もしかして、雪ですか?」

「そうです」

認めた英子が苦笑する。

「さすが、よくわかりますね」

褒《ほ》められるが、たいしたことではない。

「いや、まあ、桜吹雪というくらいで、散る桜を雪に見立てることは、昔からされてきたことですから」

応じた彩人が、「それに」と続ける。

「気持ちはわかります。降る雪を見ていると、自分がどこにいるのかわからなくなって心許《こころもと》なくなる時がありますよね。眩惑《げんわく》されるというか。――あの感覚は、僕も少し苦手です」

「ええ」

深く同調した英子が、「ただ」と視線を落とす。

「私の場合、それだけでなく、雪に――」

そこで、ふと言葉を止めた彼女は、魅入られたようにタイトルの書かれたプレートをジッと見つめた。まるで、そこにあってはならないなにかを見つけたかのような厳しい眼差《まなざ》しだ。

ややあって、その唇から「一色瑠奈《いっしきるな》……？」という呟《つぶや》きがもれた。

彩人が、プレートに視線を移す。読みあげられたのは、タイトルの下にある制作者の名前だ。

「もしかして、お知り合いですか？」

「わかりませんが、同姓同名の友人が――」

だが、最後まで言う前に、背後で誰かが彼女の名前を呼ぶ。

「英子――？」

ふり返った英子が、「――瑠奈」と躊躇《ためら》いがちに答える。それは、普段の彼女からは考えられないような戸惑い方であった。

(瑠奈……？)

いわくありげな英子と壁にあるプレート、さらに、新たに登場した女性を見比べた彩人が、つまり――と考える。

この女性が、この絵の制作者である「一色瑠奈」ということだ。

一色瑠奈は、名前に見合うきれいな女性である。もちろん、完璧《かんぺき》な美貌《びぼう》を持つ英子と比べてしまえば見劣りするのは否めないが、単独で見れば十分美人で通用する。なにより、画家らしい浮世離れした様子が、彼女に独特の存在感を与えていた。

近づいてきた女性が、手を差しだしながら言う。

「久しぶりね、英子。十年ぶりくらい？」

英子が、いつもより若干低めの声で応じる。

「……そうね。卒業式以来だから、それくらいになるかしら」

「それにしてもびっくりしたわ、こんなところで会うなんて」

「ええ」

英子の背が高いため、瑠奈はわずかに見あげて話す形になる。英子の場合、彩人が目線をそれほど下げなくても話せるので、たぶん立花真《たてはなまこと》と同じか、それより少し低いくらいだろう。

瑠奈が、「それで」と続けた。

「今日は？」

「遊びに来たのよ。こちらの宮籠さんから、和菓子の食べられるチケットをもらったから」

和菓子がメインのイベントではないはずだが、彩人は、一色瑠奈の視線がこちらに流されたのをきっかけに、ひとまず挨拶する。

「初めまして。宮籠です」

「どうも。一色瑠奈です」

「お名前だけは、すでに存じ上げておりますよ。今も、彼女と話していましたが、素晴らしい絵ですね」

「ありがとうございます」

そこで、チラッと意味ありげな視線を英子に投げた瑠奈が、「もしかして」と訊く。

「英子の彼氏？」

「まさか」

英子が、淡々と答える。

「ただの知り合い」

それは、あまりにそっけない答え方で、英子らしいといえば英子らしいのだが、万が一にも、彩人のほうにそれなりの好意があれば、かなり傷ついていただろう。実際、彩人は、傷つきはしなくても、「う～ん、そうか～」くらいの気持ちにはなった。

一色瑠奈が、気の毒そうな視線を彩人に流して応じる。

「……へえ、そうなの。お似合いなのに」

だが、そう言う割に、口元の微笑は別のことを意味しているようだ。

そこに、彩人は、違和感を覚えた。

そもそも、先ほどの英子の答え方にしたって、彩人に対してそっけないというよりは、会話そのものに対する無関心さの表れともとれる。

だとしたら、今、この瞬間、英子の心に宿る想《おも》いとはなんなのか――。

始終探るようなニュアンスを漂わせる一色瑠奈に対し、拒絶とも思える冷淡さを見せる英子。そのぎくしゃくした感じには、十年という歳月をあけた友人同士という距離感だけにとどまらないなにかがあるように思えた。

　彩人は、チラッと雪に埋もれる桜の絵に視線をやる。

（この花の、ひとよのうちに百種のこと……か）

　その間にも、旧友同士の会話は続いた。

「それなら、英子、結婚は？」

「まだ」

「仕事は、なにをしているんだっけ？」

「公務員」

「へえ。ということは、結局お父さまに倣《なら》ったのね。外務省？」

「まさか。地方公務員だもの」

「あら。それは意外」

「そう？」

「ええ。英子の実力なら、もっと上を目指せるでしょう。それに、留学したんじゃなかったっけ？」

「したわよ」

「……ふうん」

どこか、上滑りする会話。

二人が話すべきことは、もっと他にあるのではないかと思わせる。

だが、それ以上の会話を避けるためか、英子が「じゃあ」と切りあげた。

「私たちはそろそろ。あまり宮籠さんを待たせても悪いので」

「そう？」

応じた瑠奈が続ける。

「それなら、メルアドの交換だけでもしない？」

「……いいわよ」

あまり良さそうではなく応じた英子が、スマートフォンを取り出し、その場で情報を交換し合う。

終わったところで、瑠奈が言った。

「今度、連絡するわ。良かったら、ゆっくりお茶でもしましょう」

「ええ。——機会があれば」

踵《きびす》を返した英子に向かい、瑠奈が背後から「ああ、それと」と付け足す。

「『エッグ・ハント』をやるなら、白のイースターエッグを捜しなさい。——白は特別なものだから」

さりげなくなされた謎《なぞ》めいたメッセージに対し、英子は足を止めてふり返ったが、一色瑠奈はそれ以上の説明はせず、チェシャー猫のごとく妖《あや》しげな微笑だけを残し、反対側に歩き去った。

4

「エッグ・ハント」の会場となっている庭園に出て入口でチケットを見せながら、彩人が訊いた。

「一色さんとは、あまり近しい友人ではなかったんですか？」

小さく苦笑した英子が訊き返す。

「そういう風に見えました？」

「ええ、まあ」

「違いますけどね。それどころか、むしろ、仲良し三人組と思われていたくらいで」

「へえ。――それなのに、十年ぶりですか？」

だとしたら、かなり淡白な人間関係と言えよう。なにせ、女性よりはドライであるはずの男同士の付き合いでも、半年放っておいただけで、「薄情」の部類に入れられてしまうくらいだ。それが十年ともなれば、千利《せんり》ならきっと、カメレオンのような無表情で

「初めまして」くらいは言ってのけるだろう。

軽く目を伏せた英子が、説明する。

「実は、高二の冬に色々あって、高三で文系と理系に分かれたのをきっかけに、疎遠《そえん》になっていったんです」

「色々というのは……？」

突っ込んで訊くが、どうやらそこは禁断の境域らしく、目をあげた英子が今と同じことをくり返した。

「――だから、色々です」

「なるほど」

察した彩人が、その場の空気を変えるように「ああ」とのんびりとした声をあげた。

「よかった。探すまでもなく、そこにイースターエッグの山がありますよ」

言いながら指さした先には、ゴルフボールより大きくテニスボールより小さいくらいの玉ころが山のように積まれている。その表面には、どれも、文様としての桜花が描かれ、それ以外の部分が、緑や黄色、赤、青など、さまざまな色に彩色されていた。

説明によれば、それらまがい物のイースターエッグはどの色をとっても良く、中に入っている番号で景品が決まる仕組みになっているらしい。

一つ一つ手に取って色を選びながら、彩人が言う。

「たくさんあるけど、どうやら、白はないみたいですね」

「そうですね」

だが、一色瑠奈は、英子に白のイースターエッグを取るように勧めた。そこには、どんな意図が込められていたのか。

英子が、苦々しく笑いながら教える。

「……彼女、昔から謎めいたことを言うのが好きで」

「特別だと言っていましたね」

「ええ。――まあ、どうでもいいですけど」

そんな英子の横顔を見つめつつ、彩人が訊く。

「ホテルの正面玄関に、橙子《とうこ》さんが生けた桜があったのは、見ました？」

「見ましたけど、あれ、宮籠さんの叔母さんの作品だったんですか？」

「そうなんです。――でも、そんなことはどうでもよくて、その桜の下に、一色瑠奈の手による本物のイースターエッグが飾られていたのに気づきませんでしたか？」

「へえ。――気づきませんでした。待ち合わせの時間に遅れそうだったから、よく見ないで来てしまって」

「それなら、あとで時間があったら見に行くといいと思いますが――」

説明しながら、手にしたまがい物のイースターエッグを振る。

「これらと同じ模様に彩色された本物のイースターエッグが積まれていて、その中央に一つだけ、白いイースターエッグが置いてあるんです。いかにも、それが特別ですよと言わんばかりに。——つまり、たしかに、一色さんにとって、白いイースターエッグは特別なものなのでしょう」

「ふうん」

うなずいた英子が、「でも」と反論する。

「考えてみれば、これって、本来は卵なわけですよね。となると、色付けしないで済む白は、特別でもなんでもなく、むしろ手抜きという気がしなくもないですけど」

それに対し、最終的に緑の玉ころを選んだ彩人が、「いや」と教える。

「そう思われがちですが、実は、イースターエッグで地の色を白にするのは、案外大変な作業なんです。イギリスに留学していた時に、教会のボランティアでイースターエッグを作るのを手伝ったことがあるんですけど、卵に文様を色づけする場合、当然、薄い色から染めていき、最後に一番濃い色を染めるわけですが、白に関しては、全部の色を染めたあと、あらためて、その部分だけ漂白するんです」

「漂白？」

「ええ。一旦《いったん》、他の色に染めたものを、最後に改めて白に戻すんです。つまり、作業工程が増えるわけで、手抜きのように見えて一番手間がかかっているのが、白の地のイースターエッグなんですよ」

「それは、知りませんでした」

「まあ、やったことがなければわからないし、普通は単純に考えて、一番簡単だと考えるものです。誰も、元が白いものを漂白するとは思いませんから」

「たしかに」

英子が視線を落とし、どこか疎《うと》ましげに続けた。

「結局、白がすべてを飲みこむということなんですね。——雪が、すべてを白一色に変えていくみたいに」

「え——？」

つぶやきのように付け足された言葉を彩人が訊き返そうとした時、英子の指先が色とりどりの玉ころの山に当たり、一部がバラバラと崩れた。すると、それらの下から一つだけ、白地に桜花の文様の描かれた玉ころが出てくる。

「あ、あった」

「よかったですね」

応じた彩人が、「それはそうと」と、話を戻す。

「先ほどは途中になってしまいましたが——」

だが、先を続ける前に、その場に携帯電話の着信音が響きわたり、手にした玉ころを彩人に預けてスマートフォンを取り出した英子が、「すみません」と断ってから少し距離を取って電話に出た。

その場で、二言、三言話したあと、電話を切って告げる。

「ごめんなさい、宮籠さん。私、戻らないと」

「仕事ですか?」

「ええ」

あっさり応じて離れて行く後ろ姿が、あっという間に人混みの向こうに消え去った。

5

足早に駅へと向かっていた英子は、庭園の出口のそばで話している女性に気づいて、思わず足を止めた。

「え?――うそ! お母さん!?」

振り返った女性が、やはりびっくりしたように訊き返す。

「あら、英子じゃない。あなた、こんなところでなにをしているの?」

「なにって、遊びに来たんだけど」

「へえ。珍しいわね。――一人で?」

「違うけど……、お母さんこそ、どうしたの？」

「私は、お祖母《ばあ》さまの代理で、本家のお孫さんにご挨拶に来たのよ」

「ああ。ということは、お茶の関係ね」

納得した英子が、そこに至って初めて、自分の母親がそれまでしゃべっていた相手に気づいて、さらに驚く。彼女の見間違いか、あるいはドッペルゲンガーでなければ、そこにいたのは、彩人の叔母である仙堂《せんどう》橙子だったからだ。

違和感を憶《おぼ》えつつ、英子が軽く頭をさげると、「どうも」と応じた橙子が、感慨深げに付け足した。

「それにしても、驚いたわ。貴女、静香《しずか》さんのお嬢さんだったのねえ」

するとと、二人の関係性がわからない英子の母親が、眉をひそめて尋ねた。

「なに、英子。橙子さんのこと、知っているの？」

「ええ。お顔だけは……。知人のご親戚《しんせき》だから」

「知人？」

そこで、さらに追及しようとした母親を遮《さえぎ》るように、英子が腕時計を見て告げる。

「ああ、ごめん、お母さん。私、仕事の呼び出しで急いでいるの」

それから、橙子に対し「失礼します」と挨拶して、颯爽《さっそう》とその場を立ち去った。

その後ろ姿をもの問いたげに見送る英子の母親を、橙子が「それはそれとして」とそれまで続けていた会話に引き戻す。

「静香さんをこんなところで見かけるなんて、ホント、びっくり仰天だわ。ユーカリの木にパンダがぶらさがっていても、こんなに驚きはしないでしょうよ。まあ、お茶の先生への挨拶ということらしいけど、でも、ちょっと前の貴女なら、花がたくさんある場所なんか、死んでも来なかったでしょう。――なんといっても、私の兄のせいで、大の花嫌いになってしまったのだから」

「……そうですね」

皮肉気に応じて橙子のほうを向いた静香が、「でも」と続ける。

「たぶん、それだけ月日が経《た》ったということなんだと思います」

おそらく橙子と同い年くらいの、だが明らかに橙子より老《ふ》けて見える静香は、翳《かげ》りのある笑みを浮かべて、つぶやく。

「年年歳歳花相似たり、歳歳年年人同じからず――」

「……まあ、そうね」

橙子が、珍しく神妙にうなずいた。

「貴女の言う通り、時間が経てば色んな事が変るわ」

「ええ。容姿もそうだし、人の気も、考え方も……」

そこで、女性二人は、どちらからともなく大地に向かって枝を垂らす八重桜に目をやり、それぞれの想いを込めて小さく溜息《ためいき》をついた。

6

「センセ〜。お待ちしてました〜」

茶室の戸を開けたとたん、彩人は、脱力しそうなほど能天気な声に迎えられた。

言わずともしれた、立花真だ。

真は、茶道の次期家元が点《た》ててくれた有り難き抹茶を、社員食堂に置いてある出がしのお茶でも持つような手つきで持ち、もう片方の手をヒラヒラ振って彩人を呼び寄せる。

思わずその場で回れ右をしかけた彩人を、和服姿の千利が呼びとめた。真とは対照的に、端然と座る姿は気品に満ち、まさにこの茶室の亭主に相応《ふさわ》しい佇《たたず》まいだ。

「彩人。そんなところに突っ立ってないで、早く入っておいで。僕も、それほどヒマというわけではないんだ」

「……はあ」

学生時代に培《つちか》われた上下関係は、社会人になっても抜けるものではない。先輩に「入っておいで」と言われたら入るしかなく、彩人は戸を閉めて茶室にあがった。

あがりながら、いつもの問いを投げかける。

「立花君、君、ここでなにをしているんだい？」

「それは、見ての通り、橙子先生の生けた桜の写真を撮って簡単なインタヴューをしたあと、センセイを待ちながら和菓子と抹茶のセットをいただいていました。なんといっても、無料《ただ》なので」

説明してから、彩人の背後を探るように右に左に首を傾けて、尋ねる。

「それはそうと、アリス・イン・ワンダーランドは、ご一緒ではなかったんですか？」

どうやら、待っていたのは「センセイ」だけではないらしい。

彩人が、素っ気なく応じる。

「アリスなら、白うさぎを追いかけて、別の国に行ってしまったよ」

すると、「ほお」と嬉《うれ》しそうな声をあげ、真が興味津々《しんしん》の体《てい》でのたまう。

「つまり、これで正式に、『アリス・イン・ワンダーランド』から、『アリス・イン・マーダーランド』になったわけですね。素晴らしい」

「なにが？」

「別に。――センセイこそ、桜の意味、わかりました？」

「まだだよ」

「それなら急がないと、『マーダーランド』が大変なことになってしまいますよ」

「だから、なんでそうなるんだ。小説や漫画じゃあるまいし。だいたい、いつも言っているけど、つまらない詮索《せんさく》はするものじゃない。まして、それが現実に起こった事件であれば、そこに被害にあった人がいるのだから」

厳しくたしなめ、彩人は真の隣に正座する。

そんな彩人をチラッと見て、千利が柄杓《ひしゃく》で釜《かま》の湯をすくいながら静かに口をはさんだ。

「まあ、言っていることは正論だけど、彩人。それ以前に、口調に棘《とげ》がある。なにが引っかかっているのかは知らないけど、そういう時は、心を静かにして自分自身を見つめ直したほうがいいね。でないと、あとで後悔するよ。——運よく、ここはそういう場所だし」

彩人は肩をすくめ、言われたことを隣人に転嫁《てんか》する。

「——だそうだよ、立花君」

「だそうですね。センセイ。ちなみに、僕の心は超合金並みに静かです」

「……ああ、だろうねえ」

何を言ってもへこたれない神経は、超合金と呼ぶに相応しい。

「それで、センセイ」

真が明るく続ける。

「僕と千利先生は、超合金並みに静かな心で、風流にも桜を詠《よ》んだものでなにが一番好きかを話していたんです」

「それは、たしかに風流なことで」

「でしょう。僕は断然、素性法師《そせいほうし》が好きだと言っていたところなんですけど」

「素性って、『みやこぞ春の錦《にしき》なりける』？」

「そうです」

見わたせば柳桜をこき混ぜて、みやこぞ春の錦なりける——。春の京を一望したさまが、実にのどかに美しく歌い上げられた名作である。

「まあ、君らしい選択だね」

興味がわいた彩人は、着物の袖《そで》を押さえて優雅に茶碗《ちゃわん》を差しだした千利に向かって尋ねる。

「先輩は、なにを選んだんですか？」

「まだ選んでないよ。その前に、お前が来たからね。選ぶとすれば、かなり迷うところだけど、『わがやどの花みがてらにくる人は、散りなむのちぞ恋しかるべき』——なんていうのはどうだい？」

言いながら、色気のある視線を向けてくる。

花見にかこつけて人恋しさを歌い上げたものを選ぶあたり、さすが色を好む風流人で知られる茶道界のプリンスだ。思わず苦笑いをもらした彩人が、「それは、なんとも千利先輩らしいですね」と応じてから、作法に倣って茶碗を手にした。

すると、二人の間に流れた微妙な空気を敏感に察した真が、「できれば」と懇願する。

「もうちょっと素人《しろうと》にもわかるようなメジャーどころを、お願いしたいんですけど」

「メジャーどころ、か」

真の前から茶碗をさげた千利が、リクエストに応《こた》えて言う。

「それで言ったら、最もポピュラーだけど、やっぱり紀友則《きのとものり》が好きだよ」

「え〜と、紀友則って、どれでしたっけ？」

「しづ心なく花の散るらむ」

「ああ！　『ひさかたの』、だ。たしかに、あれは万人が好きですよね」

納得した真が、静かに茶碗を傾けていた彩人のほうを向いて訊く。

「センセイは、いかがです？」

「紀友則なら、好きだよ」

「そうじゃなく、どの歌が気にかかりますか？」

「気にかかる……ねえ」

茶碗を置きながら目を伏せた彩人の脳裏に、一瞬、あの歌がよぎる。

（この花のひとよのうちに、百種《ももくさ》のこと——）

気にかかるといえば、今はその歌が気にかかるが、それを言って下手に詮索されるのも鬱陶《うっとう》しいので、別の候補をあげる。

「そうだな。メジャーどころでいうなら、千利先輩と同じく紀友則か、でなければ、やっぱり西行だろうね」

「花の下にて、春死なむ？」

「そう」

すると、真がしてやったりという顔で、「ということは」と突っ込む。

「やっぱり、センセイは、桜の樹《き》の下から死体が出ると考えているんですね？」

「――はい？」

どうやら、真は、どうしてもそこに話を持っていきたいらしい。刑事である英子の上に落ちた桜のことが、気になって仕方ないのだろう。

相手の意図を察した彩人が、「だから、立花君」と呆《あき》れたように言いかける。

「それはまだ――」

だが、彩人の前から茶碗を引いた千利が、「まあ」と会話を奪う。

「『マーダーランド』のことはどうかはわからないけど、桜の樹の下を掘れば、死骸《しがい》の一つや二つ、出てきてもおかしくはないだろうね」

彩人が、意外そうに千利を見る。

「死骸？」

「そう」

「屍体ではなく？」

「だから、『マーダーランド』のことはわからないと言っただろう」

悟りの悪い生徒を叱《しか》るように、千利が彩人をたしなめる。頭の切れるこの先輩は、昔から一を聞いて十を知らない相手には冷たい態度を示す傾向にあった。

千利が続ける。

「というのも、昔は、人間や動物の死骸があった場所に枝垂《しだ》れ桜を植えたりしたそうだから」

「そうなんですか？」

「うん。民俗学者の柳田国男が、自分が地方を歩いていた時の感想として、枝垂れ桜の植えられているそばには、必ずと言っていいほど寺があると言っている。柳なんかもそうだけど、下に向けて枝を伸ばすものは、地下にある死者と結びつきがあると考えられがちなんだろうな。これは私見だけど、行き倒れになった旅人などを埋葬した場所に枝垂れ桜を植えることは、そこを生者の空間から隔てるとともに、魂魄《こんぱく》を循環させるというような太古の宗教的な意味合いがあったのかもしれない」

「なるほど。言われてみれば、桜は、万葉の頃は、鑑賞用というより、神の宿る神聖な木というとらえられ方をされていた節もありますからね」

「そういう意味で、梶井基次郎なんか、みんな、なぜかソメイヨシノと結び付けたがるけど、むしろ、枝垂れ桜こそが相応しい。そもそも、ソメイヨシノなんか、その下に死体を隠すどころか、自身の存続すら危ぶまれているというのにね。この前もテレビで特集を組んでいたけど、今、日本中を桜色に染めているこの花が、一斉に消え去るのはいつのことだろう」

「……ああ」

さすが、彩人も真も花に携わる仕事をしているだけに、千利が何を言わんとしているのか、すぐに悟って応じる。江戸時代に品種改良で偶然誕生したソメイヨシノは、自然交配しないため、今あるものは、すべて一つの木からできたクローンなのだ。

彩人が言う。

「現代の技術を以《もっ》てすれば、種の存続は可能かもしれませんが、枯死した桜が、根の分解時に土中にばらまく物質によって次世代の成長を阻《はば》む、いわゆる『自家中毒』にも似た連作障害を起こすものである限り、現在植えられている場所に、新たに桜を育てるのは難しいですからね。万葉の時代に謳《うた》われた高円山《たかまどやま》のように、いつかは、今ある桜の名所は消え失《う》せることになるわけで、カウントダウンはすでに始っているといえるでしょう」

三人の視線が、自然と茶室の床の間に向けられる。

そこに、一枝の桜が赤い椿《つばき》とともに伊賀《いが》の花入れに生けられていた。

東京の桜も、間もなく満開を迎える。

千利が、切なそうにつぶやいた。

「そう言う意味で、やはり儚《はかな》さの象徴だね、この花は――」

その何気ない一言が、彩人の心に重くのしかかる。

捜査一課の刑事に対し、非番を押しての仕事の呼び出しであれば、間違いなく、鎌倉のどこかで殺人事件が起きたのだろう。

雪に埋もれる桜。

死体を抱え込む桜。

散るのがあまりに早く、それゆえ、人の心を揺さぶってやまない稀有《けう》な存在――。

桜の花は、彼女になにを伝えようとしているのか。

(この花の、ひとよのうちに百種のこと……)

彩人が悩ましげな表情になったところで、千利が「ところで」と話の向きをガラリと変えた。

「二人とも、『エッグ・ハント』の景品は、もうもらったのかい?」

「僕は、千円分のお食事券でした」

真が、ポケットから取り出した封筒をピラピラと振って答える。

それに対し、まだ交換していなかった彩人が、「僕はまだ」と言って、同じように上着のポケットから緑の玉ころと、英子から預かった白の玉ころを取り出して見せた。

それを見た真が、意外そうに訊《き》く。

「あれ、白なんてありましたっけ？」

「うん。崩れた山の中から出て来たんだよ」

すると、事情通の千利が、「たしか」と教えてくれる。

「景品がランダムな他の色とは違って、画家の意向で白はすべて特別賞だったと思う」

「特別賞？」

つまり、一色瑠奈の言った言葉は、ある意味、真実をついていたことになる。

「そう。それをデザインした画家いわく、白いイースターエッグは、稀有なものの象徴で、そこには奇跡の三《み》つ巴《どもえ》が描かれているそうだよ。ゆえに、景品も、ホテルのスウィートルームペア宿泊券と食事券、それに鉄道のプリペイドカードが三つ巴になっているという話だった。要するに、合わせれば、旅行にいけるということだ」

「なるほど」

「でも、三つ巴もなにも、描かれているのは桜の花だけですけど……」

横から覗《のぞ》き込んだ真に対し、千利が、「良く見てご覧」と応じる。

そこで、言われた通り良く見ようと身を乗り出してきた真に白い玉ころを渡した彩人が、「画家といえば」と続ける。

「会いましたよ」

「一色瑠奈?」

「はい」

「どうだった?」

「なかなか謎めいた女性で、しかも、僕の連れの知り合いでした」

「へえ」

そこで、なにか言いたそうな目で彩人を見つめ、千利は言った。

「あの絵もすごいだろう。あれも奇跡の三つ巴を描いた作品ということだから、それが彼女の一貫したテーマなのかもしれない」

「三つ巴?」

「うん。気づかなかったかい?」

「桜と雪と夜ですか?」

「まさか。そんな単純じゃない。彼女は、イコノロジー的な配置が好きみたいで、そのイースターエッグのデザインもそうだけど、直接描かないことで、いつもなにかを表現しているようなんだ。ちなみに、正面入口に、今回の企画のために借りた彼女の絵があるんだけど、見た?」

「いえ」

「それなら、帰りがけに見るといい。『おぼろ月夜』というタイトルだけど、肝心の月は描かれていなくて、その代り、花びらを散らす桜の下にうすぼんやりと丸まったうさぎがいて、明らかに空を見上げている。あたかも、その視線の先に己の帰る場所があるかのように――。なかなか幻想的で可愛《かわ》いらしい絵だよ」

「つまり、丸まったうさぎが『月』を象徴している？」

「そう。丸まったうさぎは、文様学的に『玉兎《たまうさぎ》』と呼ばれ、月の代名詞になっているからね」

「へえ」

彩人は、感心してうなずく。

昔から、イギリスでガーデニングの仕事に携わるつもりでいた彩人は、ヨーロッパの歴史や文化にばかり興味を持ち、あまり母国のことを顧みなかったのだが、そんな彼に日本文化の面白さを教えてくれたのが、千利一寿だった。

「いつものことながら、勉強になりますよ」

「そうかい？」

「そういえば、先週のお茶会を主催したのも彼女ということでしたね。あれは、いかがでしたか？」

自分の絵に意匠的なことを施すくらいだから、さぞかし謎かけに満ちた御茶席であっただろうと思って訊いたのだが、千利は珍しく渋面を作ると、「それが」と事の顚末《てんまつ》を告げる。

「彼女が体調を崩したらしく、延期になったんだよ。それが昨日のことで」

「え、でも、月をまたいでしまったら、テーマなんかも変ってしまうでしょうに」

彩人は、さほど茶道の作法を知っているわけではなかったが、茶会には、その月ごとにテーマがあることくらいは了解していた。

「そうなんだけど、まあ、すでに準備をしていたし、個人宅でのプライベートなお茶会であれば、ご愛嬌《あいきょう》ということで、そのまま執り行われたよ。だけど、当日も、途中、亭主の体調が芳《かんば》しくなったようで、懐石のあとでずいぶん間があいたり、着物ではなく洋服での接待だったりと、案の定、バタバタした感じで、まあ、結構な資金源だから、こちらも文句を言わずに付き合ったけど、正直、二度とごめんだね。彼女とは、絵のお付き合いだけにさせてほしいよ」

「それは、大変でしたね」

彩人が同情的に応じたところで、時計を見た千利が言う。

「さて、もっと話していたいところだけど、そろそろ次の客が来る頃だ」

「ああ、では、僕たちは、これでお暇《いとま》させていただきます。——結構なお点前《てまえ》でした」

そこで、真をうながして立ちあがった彩人は、茶室をあとにした。

7

住宅街の裏手に広がる山間《やまあい》の道に英子が着いた時、現場は、関係者でごった返していて、その中に先輩刑事である大倉和久《おおくらかずひさ》の姿もあった。相変わらず妖怪《ようかい》のようにぬーぼーとしていて、しかも飛び抜けて背が高いため、遠くからでも一目でわかる。

立ち番の警察官に警察手帳を見せ、封鎖用のロープをくぐった英子に、大倉が片手をあげて「よお」と声をかけてきた。

「せっかくの非番だったのに、悪かったな」

「いいえ。どうせ、たいした用事ではなかったし。——あ、だけど、どうせ無料《ただ》なら、和菓子だけでも急いで食べてくればよかった。なんのために、あんな遠くまで電車賃を使って行ったのか。大損だわ」

なぜか、大倉の顔を見て和菓子のことを思い出した彼女は、本気で残念がる。

顔をしかめた大倉が訊く。

「和菓子？」

「高級和菓子だそうです」

「どこで、そんなもんが食えるんだ？」

「品川のホテルです」

少し考えてから、英子が付け足す。

「うさぎの卵を見つけると、もれなくついてくるんですよ。——あれ、桜を見るとだったかな？」

「どっちにしろ、あまり面白そうじゃねえな」

「そうでもなかったですよ」

「桜とうさぎの祭典」の趣旨を今一つ理解していなかった英子が、「それで」と刑事の顔になって言う。

「殺人《コロシ》ですか？」

「まだわからん。仏さんの身元は不明。今朝早く、犬の散歩に来た近所の主婦が見つけたそうだ。正確には、近くでリードを放したとたん、飼い犬がすたこらさっさと駆けて行って見つけた。滑落の痕跡《こんせき》があって、死因は脳挫傷《のうざしょう》。死後二十四時間以内。詳しくは死体解剖の結果を待ってからということだ。遺体の下に尖《とが》った石があってそれにべったり血液が付着しているということなので、事故だとしたら、落ちた時に運悪く頭を打ったのかもしれない。ただ、鑑識によると、現場の様子はどことなく不自然で、今の段階では他殺の可能性も否定できないと。それと、所持品の中に財布はあったが、携帯電話はない。本人が持ってでなかったか、でなければ――」

「誰かが持ち去った」

英子が引き取り、「殺人なら」と続ける。

「計画的な犯行である可能性もありますね」

「ああ。とにかく、遺体の身元の割り出しが最優先だな」

状況を把握した英子は、ブルーシートのかぶせられた遺体のそばにしゃがみ、片手で拝んでから検分する。

「顔などに特に殴られた形跡がないところからして、すれ違いざまの喧嘩《けんか》が発展しての過失致死――という線はなさそうですね。もっとも、こんなところですれ違いもなにもないでしょうけど」

雑木林を少しくだったところには住宅地が広がっているが、この先は本格的なハイキングコースになっていて、道も舗装されていない。電燈《でんとう》もなく、陽が落ちてから人が歩くような場所ではなかった。

鎌倉は周囲を低い山に囲まれているため、こういった地形は随所に見られる。

「たしかに」

あたりを見まわしてうなずいた大倉が、言う。

「これが殺人《コロシ》だったとして、後頭部に一撃となると、顔見知りの犯行の線が強い」

「そうですね。殺害現場がここであれば、明らかに呼び出されたはずですし」

同調した英子が、確認する。

「財布の中に、身元の手がかりになるようなものはなかったんですか？」

「ない。現金が少しと、プリペイドカードだけだ」

「……これは？」

所持品として、遺体のそばにビニール袋に入れて置いてあった一つを取りあげ、英子が続ける。

「鍵《かぎ》？」

「そう。見ての通り、キーホルダー付の鍵だ」

「でも、そっちにキーケースがありますよね？」

英子が、ビニール製のキーケースの入った袋を取りあげて、言う。

「このキーケースに入りきらなかったんでしょうか？」

「いや。確認したが、キーケースには、まだ鍵をつける場所が残っている」

「それなら、なんで、これだけ別になっているんでしょう。それに、こう言ってはなんですが、このキーホルダー、男が持つにはファンシー過ぎませんか？」

英子が見ているのは、丸っこい形の雪だるまがついたキーホルダーで、デザイン的には女子高生が持ちそうなものである。

「もちろん、人の趣味にケチをつける気はないですけど……、ん？」

目の高さに持ち上げて眺めていた英子は、その時、フッとなにかが脳裏をよぎるのを感じた。

同時に、嫌な感覚にとらわれる。

マンホールの蓋《ふた》がわずかにずれ、その下から秘められていたなにかが覗いた時のように、英子の中でなにかの蓋がわずかにひらき、その下に隠れていたものが顔を出そうとしているような、そんなぞろりとする感覚だ。

それがなんであるか――。

今の段階ではまったくわからなかったが、思わず眉《まゆ》をひそめ、考えに沈み込みながらつぶやく。

「……これ、私、前にどこかで見たことがあるような気がする」

それは、本当に小さなつぶやきであったが、聞き逃さなかった大倉が、「おい」と真剣に問いつめる。

「それ、本当か？」

「――あ、いや」

顔をあげた英子は、キーケースを元に戻し、言い訳するように応じた。

「わかりません。ただ、なんとなくどこかで見たことがあるような気がしただけで、私の思い過ごしかも」

「……ふうん」

首を斜めにねじり、なんとも疑わしげな顔で英子とキーホルダーを交互に眺めた大倉だったが、ややあって、ブルブルッと頭を振ると、「まあ、いいや」と言う。

「なにか思い出したら、教えて」

「はい」

その時、鑑識の人間が来て、遺体を運び出す旨《むね》を告げたため、大倉と英子は遺体から離れた。

持ち上げられる遺体を見ながら、英子がふと思い出したように言う。

「そういえば、桜、ありませんね」

「桜?」

「はい」

「桜が、どうかしたのか?」

「いや。——ないな、と思って」

顔をしかめた大倉が、遠くに視線を投げて言う。

「桜なら、車を停めたあたりに咲いていただろう」

「ああ。ありましたけど、あれだとさすがに遠すぎませんか?」

「遠すぎる？」

「ええ」

「なにに対して？」

だが、それには答えず、今まで死体のあった場所に視線を落とした英子に対し、面倒くさそうに上を向いた大倉が、ややあって告げる。

「他に言うことがなければ、周辺の聞き込みに行くぞ」

「はい」

そこで二人は現場を離れ、周辺の捜索に加わった。

第三章　過去からの呼び声

1

翌日。

海岸線の近くにある鎌倉警察署のざわざわした刑事部屋で、一人、パソコンに向かっていた英子《ふさこ》の背後で、大倉《おおくら》が「おい」と声をあげた。

「遺体の身元が判明したぞ」

反射的に椅子《いす》ごと振り返った英子が、訊《き》き返す。

「誰です?」

「前科があった。未成年の時に飲酒運転をして、小さな事故を起こしている。幸い、死者は出なかったようだが、その時に採取した指紋と遺体の指紋が一致したらしい。名前は河原俊也《かわはらとしや》」

「河原……?」

あげられた名前に引っ掛かりを覚えた英子が、首をかしげて繰り返す。

「河原って……なんだっけ？」

大倉が、眉《まゆ》をひそめて「なんだ、なんだ」と文句あり気に言う。

「また、覚えがあるとか言うなよ」

「あ〜、残念ながら、その名前には聞き覚えがありますね」

さして申し訳なさそうでもなく応じた英子が、「……だけど」とつぶやく。

「いったい、どこで聞いたんだったか」

「お前、もしかして、死んだ男と面識があるんじゃないか？」

疑わしげに突っ込んだ大倉の言葉に、そばにいた同僚がふり返って訊く。

「え、朽木《くちき》さん、ホトケさんを知っているんですか？」

「さあ。どうかしら。少なくとも、この顔を見ても、ピンとはこないんですが」

すると、パソコンで前歴者リストを見ていた別の刑事が、情報を付け足した。

「母子家庭で育てられたが、母親の清江《きよえ》は、半年前に亡《な》くなっている」

「清江？」

驚いた英子が、感慨深くその名前を繰り返す。

「河原清江――」

その瞬間、英子の中で、ある場面がフラッシュバックした。

夏だ。

真夏の光景。

蟬《せみ》がうるさいほど鳴いている夏の午後、熱気のこもる教室で、体操服から制服に着替える女子高生たち。

英子も、その中に混じって着替えていると――。

チャリン。

すぐ近くで、音がした。

見れば、なにか光るものが教室の床に落ちている。

英子が拾いあげると、それは、鍵《かぎ》のついた雪だるまのキーホルダーだった。

「あ、ごめん。それ、私の」

そう言って手を差しだした友人に、英子は鍵を渡しながら訊く。

「夏なのに、雪だるま？」

「そう。仕方ないでしょ。私の場合、年から年中『雪』だから」

友人はプッと膨れ、それから舌を出してみせた。

それは、切なくなるような、セピアがかった青春の一場面《ワンシーン》だ。

「――おい、朽木？」

すぐ近くで名前を呼ばれ、英子はハッと我に返る。

「大丈夫か、朽木」

「なに、ボーとしてんだ？」

同僚の刑事たちが好奇に満ちた目を向けてくる中、額《ひたい》を押さえた英子が言う。

「——思い出しました」

「なにを？」

「笙野《しょうの》美雪《みゆき》です」

「笙野美雪？」

「——って、誰？」

「さあ」

言った方は真剣だが、まわりの人間は今一つピンと来ない様子で、互いに顔を見合せている。

だが、その中で一人だけ、少し年配の刑事が、「いや、待てよ」と無精ひげの生えた顎《あご》に手を当てて考え込む。

「その名前、どこかで聞いたことがある」

英子が静かに口をひらいた。

「笙野美雪は、十年前、鎌倉で行方不明になった女子高生の名前です」

「あ」

思い出したらしい年配の刑事が、「あれか！」と納得する。

大倉が、スッと目を細めてなにか言いたそうに英子を見つめる中、他の刑事が年配の刑事に向かって尋ねる。

「十年前？」

「ああ。三月に入って大雪が降った日、女子高生が一人姿を消して、たしか、いまだに行方がわかっていないはずだ」

するると、詳細を聞いて思い出したらしい別の刑事が「あ〜」と声をあげる。

「俺も、なんか記憶にあるな。まだ、警察学校にいた頃だけど、新聞やテレビで騒いでいるのを見た気がする。たしか、友だちの家に行く途中でいなくなったんじゃありませんっけ？」

「そうだ。しかも、その友人というのが財界の大物の娘で、当時は、ゴシップ面でもかなり話題になった」

応じた年配の刑事が、英子を見て問う。

「だが、笠野美雪が、どうしたって？」

今までの会話の流れでは、なぜ、突然、十年前に行方不明になった女子高生の名前があがるのかがわからない。

その場にいる全員の視線が集まる中、英子が衝撃的な事実を告げた。

「彼女が、亡くなった河原俊也が持っていたのと同じような雪だるまのキーホルダーを持っていました」

一瞬の間。

「え？」

「それって――」

年配の刑事が険しい表情になって、英子に詰め寄る。

「おい、今の話は本当か？」

「はい。きちんと見たのは一度だけなので、絶対にそうかと訊かれたら確信はありませんが、少なくとも、同じような雪だるまのキーホルダーを持っていたのだけはたしかです」

「だが、それってどういうことだ？」

混乱する仲間たちに、英子が冷静に情報を伝える。

「それと、もう一つ。行方不明になっている笙野美雪が、当日、訪ねるはずだったのは一色《いっしき》家の屋敷で、今回遺体で発見された男の母親――河原清江は、当時、一色家で家政婦の仕事をしていました」

「――なんだって？」

刑事部屋がざわつく。

「おいおい、待て待て」

「そんな繋《つな》がりがあるということは、もしかして、十年前に行方不明になった笙野美雪の失踪《しっそう》には、今回、遺体となって見つかった河原俊也が関わっていた可能性があるということか」

「それが事実だとしたら、えらいことになるぞ」

「これが殺人の場合、警察より先に犯人にたどり着いた身内による報復という線も出てくる」

「たしかに」

「うわあ。それ、一番、捜査がやりにくいケースだ」

根っからの悪党を捕まえるのと違い、そこに止《や》むに止まれぬ複雑な事情がある犯罪に関しては、捜査するほうも結構心苦しい。刑事も人間で、感情というものを持っているからだ。それでも、私情ははさまず、犯人逮捕につとめ、あとは裁判での情状酌量にかけるしかない。

「まずは、キーホルダーの指紋照合だ」

年配の刑事が言い、別の刑事が受話器を取り上げながら言う。

「十年前の事件の資料を手配します」

続けて口々に言い合う。

「合同になるんですかね」

「それは上が判断するだろう。今回の事件が殺人でなければ、担当はうちではないかもしれないし」

「ああ、そうか」

「――おい。鑑識はまだ事故か他殺か、判断できないのか？」

刑事部屋が異様な興奮に包まれる中、先ほどからずっと気がかりそうに英子を見ていた大倉が、「だけど、朽木」と問いかける。

「お前、なんで、十年前の事件について、そんなに詳しいんだ？」

それから、少し考えて付け足す。

「その頃って、まだ高校生くらいだろう？」

「そうですね。――ただ、ちょっと言い難《にく》いんですが、当時、一色家に遊びに行くはずだったもう一人の女子高生が、私なんです」

2

十年前のその日。

午後に振りだした雪は、夕方には吹雪へと変った。

春先に降るドカ雪。

吹きつける雪の中、高校生だった英子は、自宅を出て、鎌倉にある友人宅へと向かうべく、駅への道を急いでいた。

春休み。

両親が留守だという一色瑠奈《るな》の屋敷でお泊り会をすることは、事前にそれぞれの両親にも知らされ、了解を得ていた。保護者のいない家で友人同士が集まることに対し、どの親も、懸念《けねん》を示すことはなかった。日頃から特に問題行動を起こすでもない優等生の彼女たちなら、集まったところで、青春のひと時をおしゃべりに熱中して過ごすくらいだろうと思われていたからだ。

実際、彼女たちもそのつもりだった。

テレビを見ながらお菓子を食べ、だらだらと取りとめのないことを話すのが、なぜか楽しい。そんな年頃である。

英子の手には、お泊り道具の他に、母親がこの日のために焼いてくれたクッキーがある。

もっとも、この時の英子は、必ずしも百パーセント、お泊り会を楽しみにしていたとは言い切れない。というより、正直、楽しみな気持ちと同じくらい、憂鬱《ゆううつ》な気分をかかえていた。

憂い事は、少しずつ彼女の心をむしばみ、臨界点を迎えつつあったのだ。

(雪が……)

歩いている彼女のまわりでは、降りそそぐ雪が、あっという間に世界を白一色に染めていく。

しんしんと降る雪。

立ち止まった交差点で頭上を見あげれば、暗い空から落ちてくる雪は、とどまることなく、わんさと降ってきた。

見ていると、眩暈《めまい》がしてくる。

雪が、世界を埋めつくす。

英子が馴染《なじ》んできた空間が、この雪のせいで、まったく違う世界に変容しようとしている。

彼女の知らない世界へと――。

その感覚は、英子をひどく落ち着かない気分にさせた。

(雪が、重い……)

信号が変わり、英子は、他の人たちとともに、横断歩道をわたる。

奇妙に静まり返る空間。

足の下で溶ける雪が、世界から音すらも奪おうとしていた。

駅に着くと、すでに電車のダイヤが乱れ始めていて、乗る予定だった電車は十分遅れで着くというアナウンスが入る。

しだいに人が増えていくプラットホームで英子が電車を待っていると、ポケットで携帯電話が鳴った。

メールの着信があったようだ。

取り出して見れば、これから訪ねることになっている一色瑠奈からのメールで、風邪を引いたらしく熱が出てしまい、今日のお泊り会は中止という内容だった。

軽く目を見開いてメールを読んだ英子は、すぐに返信する。


熱があるって、一人で大丈夫？


だが、いざ送信しようとしたところで、返信先にあるアドレスが一色瑠奈だけであるのに気づき、首をかしげた。

というのも、今日のお泊り会に来るのは彼女だけではないため、この件に関するメールは一斉送信されるのが通常のやり方だったからだ。その場合、来たメールに返信しようとすると、「差出人に返信」か「全員に返信」のどちらかを選ぶことができる。

ところが、このメールの返信画面にそういった選択肢はなく、送信先に一色瑠奈のアドレスが記されているだけなのだ。

つまり、これは、英子だけに送られてきたメールと考えていい。

もっとも、アドレスの追加を忘れることは英子もしょっちゅうやるので、さして不思議がることもなく、その旨《むね》を付け足した。

それと、このメール、私宛《あ》てになっているみたい。美雪には、送った？

すると、五分もしないうちに返信があり、たくさんの絵文字とともに、こんなことが書いてあった。

心配してくれてありがとう。薬を飲んだから大丈夫。それに、いざとなったら離れに清江さんがいるから、なにも心配しないで。あと、美雪にも同じメールを送っておいた。本当に今日はごめんね。もう寝ます。おやすみ〜。

それを読んで安心した英子は、念の為《ため》、もう一人の友人である美雪にも、別途、メールを入れておく。

お泊り会、中止になって残念だったね。瑠奈の風邪が治ったら、どこかに遊びに行こう。それにしても、すごい雪。遭難しそ〜。美雪も気を付けて。


だが、それに対する返信はなく、翌日——。

家の居間でだらだらしていた英子のもとに、連絡が入った。

それは、風邪を引いて寝込んでいた一色瑠奈のことではなく、英子と同じように、途中で引き返したはずの笙野美雪についてだった。

笙野美雪は、鎌倉駅近くのコンビニエンスストアで目撃されたのを最後に、姿を消した。

可能性は、色々あった。

事故。

殺人。

拉致《らち》監禁。

営利目的による誘拐。

だが、それらの可能性は、時間とともに、徐々に狭められていく。

その日、鎌倉駅付近で救急搬送された人の中に笙野美雪に該当する人物はおらず、家に身代金《みのしろきん》の要求などもなかったため、営利誘拐の線も消えた。殺人についても、その後身元不明の死体の中に笙野美雪と思われるものがなかったため、ひとまずその可能性も排除された。

残るは、拉致監禁である。

そこで、広く目撃情報を求めるため、笙野美雪のことは、鎌倉女子高生失踪事件として大々的に報道されることになった。美雪と仲の良かった英子も、何度か警察の事情聴取を受けたが、答えられることは殆《ほとん》どなく、美雪の消息は分からないまま、気づけば十年の歳月が過ぎていた。

あの日、雪の中に消えてしまった友人——。

その友人の消息につながるかもしれないものが、ここに来て、意外なところから出てきたわけだ。

ふたたび、ぞろりと。

英子の中で、なにかが頭をもたげる。

封印してきた過去の記憶が、この瞬間、その封印を解かれたせいかもしれない。

まわりに集まってきていた同僚の刑事たちが、英子に対し、矢継ぎ早に質問する。

「河原俊也と、いなくなった笙野美雪は、面識があったのか？」

「たぶん」

英子は、過去の記憶を掘り起こしながら、続ける。

「はっきりとは覚えていませんが、たしか、清江さんは、以前は一色家の屋敷に住み込みで働いていたそうですが、一緒に暮らしていた息子が不祥事を起こしたことで、一色家のほうからの申し入れで、通いの家政婦に変ったようです。なので、私は、河原俊也と面識はないのですが、美雪は、瑠奈とは幼馴染みで、小さい頃から一色家に出入りしていたはずだから、たぶん、河原俊也とも面識があったと思います」

「ということは」

刑事の一人が推測する。

「もしかして、二人は付き合っていて、恋愛のいざこざで殺されてしまったか、あるいは、河原俊也がストーカーで、彼女を拉致監禁したか」

「いやでも」

英子は反論した。

「当時、警察の事情聴取でも答えていますが、美雪や瑠奈の口から、河原俊也の名前があがったことは、一度もありません。それに、河原俊也に限らず、部活に熱中する真面《まじ》目《め》な女子高生だった私たちは、異性と付き合う機会はなかったし、ましてストーカーなんて――。それよりは、むしろ」

言いかけた英子が、ハッとしたように言葉を止めたので、大倉が首をかしげて訊き返す。

「むしろ、なんだ？」

「いや」

だが、迷うように視線を伏せた英子は、ややあって「いいです」と言って力なく首を横に振った。

それを胡乱《うろん》げに見やって、大倉が突っ込む。

「いいですって、なんだよ」

「だから」

顔をあげ、キリッとした眼差《まなざ》しで大倉を見すえた英子が、主張する。

「大昔のことなので記憶があやふやで、まして感覚的なことは、私の思い過ごしということもあり得ますから、まずは、事実に即した事柄に沿って考えたほうがいいと思うんです。そういう意味では、今、私に言えることは、もし、ストーカー被害とかにあっていたなら、絶対に話してくれていたはずだということです。あの時代は、まだブログなんかも今ほど盛んではなかったし、ツイッターも存在しませんでしたから、生身の友だちづきあいは、今よりずっと濃密だったんです」

「まあ、そうか」

譲歩した大倉が、改めて確認する。

「それなら、河原俊也と笙野美雪の間に表立ってトラブルはなかったんだな？」

「はい。そう思っています」

うなずいた英子の横で、大倉が「もっとも」と言う。

「隠れストーカーなら、一方的に想《おも》いを寄せていた可能性もある」

英子が、納得したように大きく首肯した。

「それなら、あり得るかもしれません。なんといっても、美雪は、近隣の男子校にも名前が知られるほどの美人でしたから」

「そうなのか？」

「はい」

「お前より？」

「どうでしょう」

「それって、お前の方が美人ってことか？」

「だから、どうでしょう」

「どうでしょうって、どういうことだよ」

「どうでしょうは、どうでしょうですよ」

そのまま、英子と大倉の間で不毛な言い合いが始まりそうになったが、その時、広げた地図を見ていた同僚の刑事が、「へえ」と声をあげたので、それ以上発展せずに済む。

「今回の現場、地図で見ると、一色家の屋敷と近いんですね」

「本当か？」

「ええ」

ふり返った英子が答える。

「距離的には近いですが、実際は、一色家の裏山は急斜面になっているので、今回の現場となったハイキングコースのほうにあがって行こうと思うと、一度、正面玄関を出て住宅街を三叉路《さんさろ》のところまで降りて、そこから別の道を戻る形で歩かないといけないから、かなり距離があるはずです」

「なるほど」

「駅に近いほうの山裾《やますそ》には、大きな寺があったはずだな」

「はい」

と、その時。

刑事部屋の内線が鳴り、受話器を取った刑事が、二言、三言話したのち、「ありがとうございます」と礼を言って電話を切り、その場にいる仲間たちに告げた。

「鑑識からの報告で、血液が付着していた石は、その場にあったものではなく、あとから埋められたものとわかりました」

「あとから？」

「はい。なおかつ、遺体に引きずられた痕跡《こんせき》が見つかったため、あの遺体は、石で殴られて殺されたあと、あの場所に置かれたものと考えていいそうです」

「つまり、他殺か」

大倉が言い、やる気がみなぎってきたように付け足した。

「これで、本格的な捜査が始まるな」

その声を聞きながら窓のほうを向いた英子は、なぜか、ふと彩人《あやひと》の端正な顔を思い浮かべていた。

(桜……)

あれから、およそ一週間。

鶴岡八幡宮《つるがおかはちまんぐう》へと続く若宮大路の桜並木も、今、まさに満開を迎えようとしている。

街中が、桜色に染まる季節――。

美しく、そして、儚《はかな》さの象徴でもある花。

それは、思春期の少女たちの、もろく壊れやすい心にも通じるものがあった。

(桜ねえ……)

その姿を思い描いただけで、心がざわつく。

それと同時に、ふたたびぞろりとしたものが英子の中で頭をもたげ、彼女はその場でブルッと身体《からだ》を震わせた。

3

数日後。

仕事で外出していた彩人が戻ってくると、ちょうど彼宛てに電話がかかってきたところで、迎えに出た八千代《やちよ》が、「立花様《たてはな》です」と厳かに告げて、白いコードレス電話を差しだした。

ちらっと時計を見て片眉をあげた彩人が、そっけなく電話に出る。

「なに、立花君？」

『あ、センセイ。おかえりなさ～い。僕、今、鎌倉にいるんですけど、これからご機嫌伺いに行ってもいいでしょうか？』

「わざわざ来てくれなくても、僕は十分ご機嫌だから大丈夫」

『でも、きっと、今からお昼ごはんですよね？』

「それが？」

『パエリアだそうで』

なぜ、外にいる編集者が、彩人の家の昼食のメニューを知っているのか。チラッと廊下を歩き去る八千代の後ろ姿を見てから、確認する。

「もしかして、すでに君の分もあることになっているのかな?」

『ご明察』

なんのてらいもなく肯定され、小さく溜息《ためいき》をついた彩人が譲歩する。

「それなら、『花みくじ』の原稿が出来ているから、ついでに取りにおいで」

「ラジャー」

最後の返事は多重放送で聞こえたようだったが、彩人は気のせいと思い、電話を切ると自分の部屋に向かった。

着替えて降りていくと、驚いたことにすでに真《まこと》が椅子に座っていて、給仕する八千代と楽しそうに話し込んでいた。電話を切ってから戻ってくるのに五分もかからなかったことを思えば、驚異的な速さだ。

いかがわしげに真を見ながら席についた彩人が、「立花君」と声をかける。

「なんでしょう?」

「君、さっき、どこから電話していたんだい?」

「外です」

「どこの?」

「どっかの」

要領を得ない返答に、彩人がズバリ場所を指定する。

「まさか、この家の庭ということはないだろうね？」

とたん、真が、「そうそう」と自分のカバンを持ち上げて中を探りながら、「そんなことより、センセイ」と話を逸《そ》らした。

「お土産を持ってきましたよ」

そう言って差しだしたのは、A４大の写真だ。写っているのは、一色瑠奈の代表作ともなっている「桜隠し」である。

手に取った彩人が、意外そうに応じる。

「へえ。こんなもの、どこで手に入れたんだい？」

「千利《せんり》先生です」

答えた真が続ける。

「千利先生が画家本人からもらったというポストカードをお借りして、一度パソコンに取り込み、画質調整しながら拡大して印刷してきました。――ほら、この前、千利先生が言っていた謎《なぞ》が、まだ解けていませんよね？」

「……ああ」

うなずいた彩人が、写真をとっくりと眺める。

あの時、茶室で千利は、画家曰《いわ》く「この絵には、奇跡の三《み》つ巴《どもえ》が描かれている」と言っていた。だが、彩人も真も、その場では三つ目の存在を見つけられず、千利も敢《あ》えて教えようとしなかったため、今もわからないままなのだ。人を焦《じ》らして楽しむような意地の悪さは、いくつになっても変わらない。

（奇跡の三つ巴ねえ……）

それは、いったい何を指しているのか。

テーブルの向かい側で、八千代が置いたパエリアの匂《にお》いを美味《おい》しそうに吸い込んでいた真が、「そういえば」と付け足す。

「それ、千利先生から、センセイに渡すようにと、仕事とは別に密《ひそ》かに仰《おお》せつかって印刷してきたんですけど、そもそものこととして、お二人は、いったいどんなご関係なんですか？」

写真から目を離さずに、彩人が答える。

「学生時代の先輩と後輩だよ」

「それは知っています。でも、ただの先輩と後輩にしては、この前といい、その前といい、なんか、時々、妙にアヤシ～イ雰囲気になりますよね？」

「アヤシイ、ね」

鼻で笑った彩人が答える。

「そんなの、僕に限ったことじゃないよ。なにせ、あの人の場合、日常が、妙にアヤシ～イ雰囲気に包まれているから」

「そうですか？——でも、僕に対しては、そんなことないんですけど」

「そりゃ、相手が君だからだろう」

「特別ってことですか？」

「……さあ」

呆《あき》れるほどポジティブな見解を肯定も否定もせずに彩人が、続ける。

「まあ、少なくとも嫌われているわけではないから、安心していいよ」

「わかってます。逆立ちしようが側転しようが、嫌われる理由にまったく思い当りませんが、念の為に訊くと、ホントーに嫌われてませんかね、僕？」

「たぶんね。こうして個人的な用事を仰せつかるのであれば、そうだろう。あの人、嫌いな人は、そばに近寄らせもしないから」

「おお、高飛車。……それで、よく社会人が務まりますね」

どうやら、社会人たるもの、たとえ嫌いな人間であっても、上手に付き合わねばならないというのが、彼の信条らしい。

ポツリとつぶやかれた本音に、彩人が真にチラッと視線を走らせて言う。

「まあ、あの人は、それが通用してしまうくらいのカリスマ性を持っているからね。それに、昔に比べたら、あれでも随分丸くなったほうだよ」

「それはよかった。『さよなら、三角、また来て四角』ですね。——あれ、それだと丸くならないか」

見当違いの歌を口ずさんだ編集者から手の中の写真に意識を戻した彩人に、パクパクと口を動かしながら、真が告げる。

「それ、僕も会社でじっくり見てみたんですけど、何度見ても、どれだけ見ても、桜と雪しかありませんよ」

「……だねえ」

上の空で応じながら目を近づけて尚《なお》も順繰りに眺めていた彩人が、ある地点に来たところで「ん？」と身を乗り出す。

「これ」

「え、なにか、ありました？」

「うん。この桜の根元にある線。——これって、なんの線だろう？」

「どれ？」

スプーンを手にしたまま立ち上がって覗《のぞ》き込んできた真の前に写真を残し、彩人も一度席を立って棚の引き出しから拡大鏡を取ってくる。戻って来たところで、真の手から写真を奪い、テーブルの上に置いて拡大鏡越しに改めて覗き込んだ。

ややあって、彩人がつぶやく。

「うさぎだ……」

「うさぎ？」

繰り返した真が、じれったそうにテーブルをまわって横に立ち、彩人を押しのける勢いで無理やり覗き込んでくる。

「どこです？」

「そこ。根元のところ」

「う〜ん、よく見えない。汚れじゃなく？——会社の印刷機についていた汚れかもしれませんよ？」

「いや。間違いなく、うさぎだよ」

彩人が指で示したところには、桜の木の根元に、薄くてとてもわかりにくい輪郭で怯《おび》えたように丸まったうさぎが描き込まれている。桜の根や雪との境界線があいまいなため、よっぽどよく見ないとわからないし、下手をすれば、真が言ったように汚れと間違えられてしまいそうだ。

だが、そこには、たしかにうさぎがいた。

丸まったうさぎ——、玉兎《たまうさぎ》だ。

貸せと言わんばかりに横から手を突き出してくる真に拡大鏡を渡した彩人が、考えに沈み込みながら「つまり」と言う。

「千利先輩が言っていたように、ここには、桜と雪とうさぎの三つ巴が描かれているということか。だけど、それなら『奇跡』というのは――」

すると、彼らの前にサラダの皿を置いていた八千代が、厳かに告げた。

「雪月花ですね」

彩人と真が、同時に八千代を見る。

「雪月花？」

問い返した真の横で、彩人は「なるほど」と納得する。その目が、改めて写真の絵に向けられた。

「丸まったうさぎは『玉兎』で、『月』の別名でもあるから、奇跡の三つ巴なのか」

「おそらく、さようでございましょう。一般に『雪月花』といえば、四季折々の風流を代表するものですが、ゆえに、冬の雪と秋の月、さらに春の桜は、本来なら同時に存在することはなく、良いことは一度には来ないことの譬《たと》えにも使われております」

拡大鏡を目に当てたまま八千代と彩人を交互に見た真が、「それなら」と問う。

「白いイースターエッグは？」

あの時、千利は、白いイースターエッグにも奇跡の三つ巴が表現されていると言っていたのだ。

彩人が、答える。

「それだって、言われてみれば、桜の描かれているのはうさぎの卵《イースターエッグ》で、且《か》つ、色に注目すれば、白は雪の色と見なすことができるわけだから、つまり、立体的に『雪月花』を表現していることになるわけだよ。――まさに、奇跡の三つ巴」

「お〜、なるへそ」

納得した真が、拡大鏡をほうり出し、席に戻ってパエリアを頬張りながら「ということはですよ、センセイ」と会話を続けた。

「その『奇跡の三つ巴』が、今回、桜が伝えようとしているメッセージってことになるんですかね？」

「さあ」

真の向かいで静かに食事を始めながら、彩人が首をかしげる。

「それは、どうだろう。――僕が思うに、『奇跡の三つ巴』は、むしろ画家が発しているメッセージであって、桜が英子さんに伝えようとしているメッセージとは少し違うような気がする」

「なら、まったく関係ない？」

エビの殻を剝《む》きつつあげられた真の問いに、彩人は「う〜ん」と唸《うな》って考え込む。

「雪月花」が、英子と無関係かどうか――。

それは、まだなんともいえない。

なんといっても、「奇跡の三つ巴」を描いた一色瑠奈と英子は、個人的な知り合いだ。

それに、忘れてならないのは、彼女たちの名前である。

英子の「英」は、まさに「花びら」を意味する漢字で、春を代表する花＝桜と見なすことができる。

対する「ルナ」はラテン語で「月」を表す言葉である。

これは、はたして偶然か。

（――いや、そんなはずない）

「雪月花」というキーワードは、それを発する一色瑠奈を通じて、朽木英子に届けられたものである。そうであるなら、無関係ということはあり得ないだろう。

ただ、「雪月花」を完成させるには、明らかにピースが一つ欠けている。

（雪か……）

そうなると、「桜隠し」の絵を前にした英子が、「雪」に対し恐れを表明したのも、きっと意味のあることなのだろう。

スプーンを動かす手を止めて考え込んだ彩人は、「もしかしたら」と考える。

一つ足りないピース。

それが、桜からのメッセージを読み解く鍵になるのかもしれない。

4

河原俊也の遺体発見から一週間が過ぎていた。

その間に、被害者の遺留品の中にあった雪だるまのキーホルダーから十年前に行方不明になった女子高生・笙野美雪の指紋が検出されたため、鎌倉署に置かれた捜査本部では、急遽《きゅうきょ》、河原俊也殺害事件と関連して、未解決となっていた笙野美雪失踪事件について、洗い直すことになった。

英子と大倉は、今回の被害者である河原俊也の身辺調査を割り振られ、彼の住んでいたアパートへと向かう。河原俊也は、母親の死後、相続したマンションを売り払い、大船駅近くのアパートで独り暮らしをしていた。

管理人に鍵《かぎ》を開けてもらい、室内を調べ始めたところで、洋服ダンスの中を覗き込んだ大倉が言う。

「残念だったな、朽木」

それに対し、机の上にある紙類をバサバサと振っていた英子が訊き返す。

「なにがです？」

「割り振りだよ。本音を言えば、笙野美雪の事件《やま》を担当したかったろう？」

「別に」

「無理すんなって。お前、それもあって、刑事になったんじゃないのか？」

珍しく憚《はばか》るような口調で問われるが、英子は否定する。

「いいえ」

「いいえって、違うのか？」

「違いますよ」

「なんで？」

「なんでも」

だが、どうにも納得がいかないらしい大倉は、簞笥《たんす》の引き出しから取りあげた預金通帳を振りながら、「いや、いやいや」と頑迷に主張する。

「それは、違うな」

「違う……とは？」

「ふつうの感覚でいうなら、高校時代に仲の良かった友人が行方不明になったまま見つからずにいて、その後、自分が晴れて刑事になったら、その友人を自分の手で見つけたいと思うだろう」

「残念ながら、思わなかったですね」

「なんで？」

「だから、なんでも」

少し怒ったように応じた英子が、付け足す。その瞬間、彼女の脳裏には、重苦しい雪の感触が浮かんでいた。

「もちろん、ずっと気にはなっていましたよ。それに、こうして捜査を担当できるのであれば、是が非でも解決したいですが、だからといって、そのために刑事になったのかと問われると、正直、違うと思います」

「これっぽっちも？」

「はい。——むしろ、あまり考えたくなかったくらいです」

「考えたくないって——、なんで？」

「なんでも」

平行線をたどる会話に、大倉が首を大きく振って嘆く。

「わからん。お前のことが、さっぱりわからん」

すると、唐突に英子が言った。

「——馬が好きでした」

「あ〜？　お前、馬が好きなのか？」

「いいえ」

「でも、今好きって……」

「私ではなく、河原俊也です」

言いながら、英子は馬券の束を持ち上げる。

「ほら」

「なるほど」

納得した大倉は、自分が手にしていた預金通帳を開いて応じた。

「たしかに、通帳を見ても金遣いは結構荒い。——酒飲みでもあるようだし」

部屋の隅には、ビールの空き缶が山と置いてある。

「だけど、彼、現在無職でしたよね？」

「母親の遺産が入ったとたん、働いていた店を辞めているからな」

英子が、嫌そうに眉《まゆ》をひそめて吐き捨てる。

「遺産といっても、こんな生活をしていたら、何年ともちませんよ」

「ああ」

「どうしようもない男のようですね」

「まあ、おのれの現状は見えていなかったようだな」

と、その時。

英子が新たに手にしたスケジュール帳の中から、ヒラヒラと名刺のようなものが舞い落ちた。

拾いあげた英子が、そこにある名前を読みあげる。

「大村隆《おおむらたかし》」

「誰だ？」

「ここには、郷土史家・坑道探検家とありますけど」

「それ、職業なのか？」

「さあ」

首をかしげた英子が、続ける。

「メルアドが載っているので、念の為、連絡してみます」

返信を待つ間、河原のパソコンを開いて見ていた英子が、「あらあらあら」と意外そうな声をあげた。

「どうした？」

「大変な事実が、わかりました」

「大変な事実って、なんだよ？」

じれったそうに繰り返した大倉に対し、パソコンの画面から目を離さずに英子が答える。

「河原俊也自身のブログによると、彼は、一色瑠奈の父親――現ノイ食品工業株式会社最高経営責任者である一色孝造《こうぞう》の隠し子ということになっています」

「――マジで？」

英子の背後からブログを覗き込んだ大倉が、「本当だ」とうなずく。

「そう書いてあるな。え〜と、なになに？――かつて、彼の母親が一色家に住み込みで働いていた時に御手付きされ、その時に出来た子どもが自分なのだ、か。ゆえに、自分は一色家の人間で、然《しか》るべき処遇を受けて当然だと主張しているわけだな」

「そのようですね」

「嘘《うそ》みたいな話だが、こいつが事故を起こした時の調書によれば、父親はわかっていなかったはずだから、可能性として、ないとは言い切れない」

それに対し、英子が「いいえ」とあっさり否定する。

「ないと思います」

「ない？」

「ええ」

「なんで、そう言い切れるんだ？」

「瑠奈の父親は、一色孝造ではないからです」

「は？」

「瑠奈の実の父親はフランス人で、瑠奈が生まれてすぐに両親は離婚し、翌年、母親が、一ノイ食品工業の後継者の筆頭にあげられていた本間孝造と再婚したんです。だから、一色家に婿《むこ》養子に入った孝造氏が鎌倉の屋敷で暮らすようになったのは、瑠奈が二歳になった頃ということになるわけですが、そうなると、瑠奈より年上の河原俊也は、とっくに生まれていなければならないんです」

「……ほお」

「もちろん、孝造氏が一色家に入る前、まだ本間孝造だった頃に知り合って生んだというのであればわかりませんが、それについては、ここにはっきりと、『住み込みで働いていた時に御手付きされて』と書いてあります」

「たしかに、矛盾しているな」

「はい」

「だが」

大倉が不思議そうに言う。

「それなら、なんでこんな嘘を」

「たぶん、河原俊也には、妄想癖があるのではないかと――」

「妄想癖？」

「そうです。――ちなみに、ストーカーをする人間の多くは、程度の差こそあれ、この手の肥大した妄想の中で生きています」

例えば、目があっただけで、相手が自分を好きだと思い込む。

相手が笑っているだけで、自分に微笑《ほほえ》みかけたのだと勘違いする。

そして、自分の贈り物で相手が有頂天になっていると考えて心を震わせ、デートもしていないのに、愛が深まっていると信じ込んでしまう。

現実を見すえず、自分の作り上げた虚構の中だけに生き、最後は、勝手に裏切られたと思い込み、苛立《いらだ》ちを爆発させて凶行に及んだりするのだ。

はた迷惑なこと、この上ない。

「──てことは、やっぱり、笙野美雪の失踪《しっそう》には」

「そうですね。この男が絡《から》んでいたんでしょう」

ただ、そうなると、容疑者が死んでしまったことで、笙野美雪の消息は、遺体の行方という意味も含め、永遠にわからなくなってしまう恐れがある。

考え込む二人の間で、携帯電話の着信音が鳴り響く。

ポケットからスマートフォンを取り出した大倉が、電話に出た。

大倉が話している間、英子のスマートフォンにも着信がある。こちらはメールの着信で、先ほど「大村隆」なる人物に送ったメールの返信かと思いきや、送信してきたのは一色瑠奈だった。

確認すると、たった一言。

ちょっと会えない？

と書かれていた。

今、仕事中。

急いでそれだけ打つと、すぐに返信が来て、小町通りにある喫茶店にいるから、空いた時間に来てくれる？——とあった。

かなり強引だ。

いったいなんの用なのか。

眉をひそめて悩んでいると、電話を切った大倉が告げた。

「例のキーホルダーについていた三つ目の指紋が、誰のものか判明したそうだ」

笙野美雪のものであった雪だるまのキーホルダーからは、本人の指紋と河原俊也の指紋以外に、さらにもう一つ、謎の人物の指紋が検出されていた。それを追っていた刑事からの報告であったらしい。

「誰ですか？」

「河原俊也の母親だ」

「――清江さん？」

意外そうに名前をあげた英子が、眉をひそめてつぶやく。

「まさか、あの清江さんが、美雪の失踪にかかわっていたなんて……」

いささか衝撃を受けた様子の英子を見て、大倉が確認する。

「調書によれば、十年前、電車に乗らずに引き返したお前と違い、すでに鎌倉まで行っていた笠野美雪が、そのあと、一色邸に着いていたのかどうかが、一つの争点となっていたな？」

「……はい」

調書の内容と過去の実体験を併せて思い返しながら、英子が答える。

「でも、結局、一色邸には行っていないという結論に達したようです。ちなみに、瑠奈自身は風邪薬を飲んで寝ていたからなにもわからないと話していて、それは、当時、私がメールで言われたこととも一致しています。それに対し、一色夫妻から留守を頼まれて離れに泊まり込んでいた清江さんが、その日は、夕方以降、誰も訪ねてきていないと証言したことで、美雪は、一色邸に着く前になんらかのトラブルに巻き込まれたと考えられたわけです」

そこで一度言葉を切った英子が、続ける。

「一色邸は、とても広い土地に家屋が三つ点在していますが、外界からの出入り口は一つだけなんです」

「一つ？」

「はい。裏山に三方を取り囲まれた土地だから、そこしか門を作る場所がないというのが、最大の理由だと思います。正門の脇《わき》に小さな勝手口がついていて、普段はそっちを使う人間も多かったと思います。──呼び鈴は、離れと母屋《おもや》の両方で受けることができますが、たしか、スイッチを切り換えれば、母屋のみや離れのみで受けることができたはずです。それで、問題の日は、風邪で寝込んでいる瑠奈を起こさないよう、離れだけで呼び鈴が受けられるようにしてあったと聞いています」

「──ってことは、つまり、清江は、事件当日、笙野美雪が一色邸に来なかったと証言したが、実は嘘で、美雪は一色邸に於《お》いて拉致《らち》されたか、あるいは殺された可能性が出てくるわけだ。おそらく、やったのは息子の俊也だろう。清江は、あとから知って息子をかばったか、でなければ、拉致監禁か殺人の共犯……」

「まさか。それは、ないと思います」

英子は明言するが、すぐに私情が混じり過ぎていると反省し、言い直す。

「──その可能性は、低いと思います。清江さんは、一色家の人間から絶対的な信頼を得るほど真面目できちんとした人だったたし、私や美雪のことも可愛《かわい》がってくれましたから」

「だが、息子への愛情には敵《かな》わなかったってことじゃないのか？」

皮肉気に告げた大倉が、続ける。

「そうなると、防犯カメラの角度が風雪の影響でずれ、人の出入りの映像が微妙に撮れていなかったというのも、怪しくなってくるな」

「そうですね。誰かが故意にずらした可能性があります」

大倉が、「本部も」と言う。

「俺たちと同じ考えらしく、これから、一色邸の捜索令状が取れるかどうか、上とかけあってみるそうだ。物証に乏しいから、任意の協力要請という形で申し入れることになるかもしれない。——なんといっても、もしかしたら、灯台下暗しで、行方不明だった笠野美雪の遺体が、友人である一色瑠奈の家から見つかるかもしれないわけだから」

「——そうですね」

そこで目を伏せた英子は、手にした名刺をぼんやりと眺めながら、口中で小さくつぶやいた。

「……そういえば、あの家には、立派な桜の木があったっけ」

5

鎌倉駅まで戻ってきたところで、夕方からの捜査会議の前になにか腹に入れておくぞと言った大倉に、友人に会うので三十分だけ別行動を取らせてほしいと断り、英子は、一色瑠奈が待っている小町通りの喫茶店へと向かった。正確には、小町通りから脇道に入り、さらに、入口がわかりにくい奥まったところにある喫茶店だ。

アンティーク調の家具で統一された店内は、比較的閑散としていて、常連と思《おぼ》しき客がのんびりと新聞を読みながら寛《くつろ》いでいるような店である。どうやら、瑠奈もこの店に馴染《なじ》んでいるらしく、窓際《まどぎわ》の特等席でゆったりと本を読んでいた。

英子が入っていくと、顔をあげ、にっこりと微笑んで本を置く。高そうな薄手のショールを羽織った姿は、まさに鎌倉在住のお嬢様だ。

瑠奈が謝る。

「ごめんね、英子。忙しそうなのに」

「いいけど、話ってなに？」

「その前に、コーヒーくらい、頼んだら？」

言われて、机の上のメニューをチラッと見た英子は、コーヒーとナポリタンを頼んでから、友人の向かいに腰をおろす。

「悪いけど、食べたらすぐに行くから、先に用件を話してくれる？」

「いいわよ」

応じた瑠奈が、クスッともの言いたげに笑ったので、英子は眉をひそめて問い質《ただ》す。

「なによ？」

「いえ。相変わらずだなと思って。昔からマイペースよね、英子って」

「そう？」

「それに、やっぱり華がある」

その褒め言葉に対しては、肩をすくめるに留め、「——で？」と話をうながした。

「なに？」

すると、ジッと英子を見つめた瑠奈が、ややあって言う。

「うちに、刑事が来たわ」

「へえ」

「美雪の件で」

「そう」

「——驚かないのね？」

探るように向けられた視線を見返し、英子は素っ気なく答える。

「驚いているわよ」

「嘘」

見抜かれ、英子は肩をすくめて謝った。

「そうね、ごめん。嘘をついた。私、実は、鎌倉署の刑事なの」

「――知ってる」

一拍置いて言われた言葉に、意表をつかれて訊《き》き返す。

「知ってる？」

「ええ」

うなずいてから「ふふ」と笑い、瑠奈が悪戯《いたずら》っ子のような目で英子を見る。

「意外そうね。――でも、うち、これでも、鎌倉では結構顔が利《き》くから、公務員の名前くらい、調べようと思えば、簡単に調べられるのよ」

「……そうだったね」

英子は、納得する。

一色家といえば、このあたりの名家で、市長などとも昵懇《じっこん》である。当然、鎌倉警察署の署長とも顔見知りであるはずだ。

「それなのに」と、瑠奈が恨めし気に言った。

「なんで、英子が来なかったの？」

「来なかったって？」

「うちによ。どうして、事情聴取を他の刑事に任せたりしたの？」

「そんなの」

深い苦笑を口元に刻んで、英子が答える。

「特に意味はないわよ。刑事なんて、上層部の決めた割り振りで動いていて、友人の家だからって、私が行きますとはならないもの」

「そうなの？」

「そうなの」

「本当に？」

「ええ」

「そう……」

そこで、目を伏せて応じた瑠奈が、「私はてっきり」と続ける。

「英子が、この件を調べたくないのだと思っていた」

その時、ナポリタンが運ばれてきたので、身体《からだ》を引きながら英子が訊き返す。

「なんで、そんなこと――」

「だって、英子、あの時、美雪がいなくなってホッとしたでしょう？」

「――は？」

紙ナプキンに包まれたフォークを取り出していた英子は、一瞬動きを止め、マジマジと友人を見やった。

同時に、例のぞろりとした感覚が、彼女の中ではっきりとそそり立つ。

「……瑠奈。貴女《あなた》、何を言っているの?」

「ごまかさなくてもいいわよ」

口元を歪《ゆが》め、皮肉気に微笑んだ瑠奈が、「あの頃」と言う。

「英子が、美雪のことを日に日に疎《うと》ましく思い始めていたのは、わかっていたもの」

「――そんなこと」

「ないと言い切れる?」

畳み掛けるように問われ、英子は思わず口を閉ざした。頭の中を、かつての記憶が駆け巡る。


――見て、英子。この時計。御揃《おそろ》いね。

――ねえ、聞いて、英子。私もセミナーに申し込んだの。

――私も、聖学の子と付き合おうかな。そうしたら、ダブルデートできるし。


さまざまな場面での美雪が、降りそそぐように英子に話しかけてくる。

そんな英子をジッと見つめ、瑠奈が得意げに言った。

「ほら、否定しない。というより、できないでしょう。――でも、仕方ないわよ。美雪は、あの通りの性格だったし、英子の立場なら、誰だってそう感じたはず。英子が悪いわけじゃない」

「いや、私は別に……」

ようやく反論しかけた英子を制し、瑠奈が黒い瞳《ひとみ》を光らせて言う。

「いいのよ、英子。無理しないで。——そういう意味では、誰だか知らないけど犯人に感謝しないとね」

とたん。

はじかれたように身体を起こした英子が、はっきり否定する。

「それは違うわ。絶対に——」

「違うの？」

「ええ」

深くうなずいた英子に、瑠奈が裏切られたような顔をして訊いた。

「どうして、そんな……」

「勘違いしないでほしいんだけど、もし、あの頃、私が美雪のことを疎ましく思っていたとしても、だからといって、消えていなくなれとは思わない。そんなの、自分が距離を取ればいいだけのことで、相手は関係ないでしょう。その人にはその人なりの人生があるのだから、その人生を生きていってもらえばいいだけのことよ。それを、私の一方的な想《おも》いで壊したり、壊したいと思うのは、ただの身勝手に過ぎない。それに、そんなことをすれば、相手の人生に関与することになって、どっちにしろ、そのあと、無関係ではいられなくなる」

「――無関係ではいられなくなる？」

瑠奈が頼りなく繰り返した。

「そうよ。相手の人生を壊したら、そこで、絶対に消し去ることのできない接点を二人の間に残してしまうもの。そんなことをすれば、むしろ、互いの距離は近くなるくらいじゃない？」

「そんなの――」

「いえ。間違いなく、そうなるわ」

揺るぎなく断言した英子の前でグッと黙り込んだ瑠奈が、しばらくして、どこか苦しげな口調で言い返した。

「……でも、相手が距離を取らせてくれなければ？」

「絶交宣言でもすればいい」

「それで、ストーカーにでもなられたら、どうするの？」

片眉をあげた英子が、「それは」といささか辟易《へきえき》して応じる。

「困ったことだけど、とんでもない災難が振りかかったとして、必死で対処するしかないでしょうね。万が一、それで殺されたりしたら、そこで初めて、相手を恨むなり、自分の運命を恨むなりすればいい」

言い切った英子が、「ただ」と最後に主張する。

「美雪は、そんな子ではなかった。まだ自分を客観的に見ることができていなかっただけで、話せば、きっとわかってくれる人間だったわよ。だから、あんな風に、行方不明になってしまっていいなんてことは、絶対にない。——それだけは確かよ」

瑠奈が、沈黙する。

その隙《すき》にナポリタンを食べ始めた英子に、ややあって訊いた。

「……それなら、英子。貴女が急に京都の大学を受験すると言い出したのは、私と距離を置きたくなったから？」

ナポリタンを食べる手を止めず、英子が否定する。

「それも違う。私が京都の大学を受験したのは、そこに、師事したい教授を見つけたからよ。——もっとも、その先生のもとにいたせいで、自分の実力の限界をまざまざと見せつけられて、研究の道に進むのを断念したわけだけど」

「そうなの？」

意外そうに英子を見て、「それなら」と最後にして最大の疑問をぶつける。

「なぜ、十年近くも、連絡をくれなかったの？」

バッハのチェロ独奏曲が流れる静かな店内に、その言葉が、二人の運命を決定づけるかのように響いた。

だが、ナポリタンをフォークに巻き取りながらチラッと友人を見やった英子は、それを口に運びながら素っ気なく返す。

「――そっちこそ」

沈黙が降りた。

そのままひたすらナポリタンを食べ続ける英子の前に、瑠奈が一枚のポストカードを差しだす。

「――これ、あげるわ」

指で引き寄せた英子が、「ありがとう」と礼を言う。

『桜隠し』……だっけ?」

「ええ。――その絵ね、展覧会で賞を取ったのは大学生になってからだけど、最初に描いたのは、高二の冬なの」

「高二の冬?」

「そうよ」

改めて絵を見つめる英子の耳に、瑠奈の切なそうな声が届いた。

「美雪がいなくなる前の、あの冬――。やっぱり、私たちは別々になる運命だったのかもしれないわね」

6

一色瑠奈と別れ、署に戻るために鎌倉の駅前を通り過ぎようとしたところで、英子は軽やかに名前を呼ばれて振り返る。

そこに、春めいた色合いの服を着た宮籠《みやこもり》彩人が立っていた。

瑠奈は、英子のことを「華がある」と評していたが、それを言ったら、この男は、まさに花を背負って立っていると言っても過言ではない。ただし、決して仰々しく華美な花の山ではなく、すっきりと一種の花を背にしている感じだ。今の季節であれば、やはり桜か。もちろん、バラでもツツジでもチューリップでも様になるだろう。まさに、佳人である。道行く女性が、時おり振り返るのもわからなくはない。

「宮籠さん。こんなところで、どうしました？　お散歩ですか？」

「待ち合わせです。立花君と花の取材に行くことになっていて」

「ああ」

「英子さんこそ、忙しくなってしまったようですね」

「ええ、まあ」

そこで、この男とは、品川のホテルで慌《あわ》ただしく別れたきりだったことを思い出して謝る。

「そういえば、この前は、こちらから誘っておいて、失礼しました」

「いえいえ」

なんでもないことのように受けた彩人が、「あ、それで思い出しましたが」と続ける。

「あの時の景品、僕が預かったままなので、ヒマになったら取りに来てください。もちろん、こちらからお持ちしてもいいのですけど」

「いえ、それには及びません。——というより、この前のお詫《わ》びに差し上げますよ」

「だけど、ホテルの食事券が——」

言いかけたとたん。

「それなら、取りに伺います」

気持ちがいいほどの変わり身の速さだ。なんとなく癖になりそうだと、彩人は内心で失笑する。食に対する思い入れの深さは、立花真と彼女の唯一《ゆいいつ》の共通点だろう。

会話が途切れたところで、英子のカバンからはみ出しているポストカードに気づいた彩人が、「それ」と指さして訊いた。

「もしかして、『桜隠し』ですか？」

「ええ」

わずかに表情を翳《かげ》らせた英子が、持てあますように続けた。

「今しがた瑠奈にもらったんですけど」

「その表情からすると、貴女にとって、あまりありがたいものではないようですね。もしかして、その絵が事件に関係しているとか？」

「え？」

ハッとしたように彩人を見つめた英子が、すぐに刑事の顔に戻って応じる。

「――いえ。別にそういうわけでは」

「ああ、もちろん、立場上答えようがないとは思いますが」

そこで、気がかりそうな表情になった彩人が、「ただ、もし」と控えめに申し出る。

「なにか静かに考えごとがしたければ、いつでもうちの迷宮をお使いください。貴女なら、歓迎しますよ」

「迷宮……」

宮籠家の「花の迷宮」が、なにか特別な場所であることは、英子もわかっている。

ただ、「迷宮」という単語が、刑事にとって、あまり歓迎できるものではないのも事実で、苦笑した英子が冗談めかして言う。

「迷宮なんかで事件のことを考えたりしたら、それこそ、本当に『迷宮入り』しそうで怖いでしょう」

それに対し、存外真面目《まじめ》な口調で彩人は応じた。

「それは、違うと思いますよ」

「そうですか？」

「以前にもお話ししたと思いますが、迷宮は、迷路と違って行き止まりがないものですから、その奥に隠された真実は、それを求めて歩き続けた人間だけに明かされるものなんです。そういう意味では、『迷宮入り』してしまった事件というのは、決して真実の行方が見失われたわけではなく、真実に辿《たど》り着く道の途中で、探求者がギブアップした結果に過ぎない。——あるいは、真実を見る勇気がなくて、途中で引き返したか」

「真実を見る勇気……」

「そうです」

うなずいた彩人が、静かに告げる。

「つまり、『花の迷宮』は、真実から目をそらさないと決意した人間が、それと向き合うためにある場所なんです」

「——そうでしたね」

以前、花の迷宮で自分の迷いと向き合った女性のことを思い出し、英子は感慨深げに応じた。

だが、そうなると、今の英子にとって、真実とはいったいなんなのか——。

そこで、ふと思い出し、英子が訊く。

「そういえば、あの桜の意味はわかりましたか？」

「あの」とは、もちろん、英子の上に落ちてきた桜の若枝のことを言っている。

「そうですね……」

見透かすように目を細めて英子を眺めやった彩人は、ややあって、あたかも神託を告げる神官かなにかのように言葉を紡《つむ》いだ。

「――今、僕に言えるのは、貴女が探しているものは、やはり桜の樹《き》の下にあり、貴女が求める答えは、雪と月と花の描く輪の中にあるということくらいでしょうか」

「雪と月と花――？」

驚いた英子が、緊迫した声で「それって」と確認しようとした時だ。

「センセ～イ！」

すぐ近くで、ひねもすのたりとしていそうな能天気な声が響いた。

「センセ～イ！　どこですか～？」

とっさに天を仰いだ彩人が、絶対に知らん顔をしたいが、そうしたらもっとひどいことになると観念したかのように鬱陶《うっとう》しそうに手をあげる。

「立花君、こっち」

「あ、いたいた、センセイ」

小学生のように元気いっぱいに駆けてくる真を見て、一気に気が抜けた英子は、自分の中の未練を断ち切るように「では」と一歩さがって挨拶《あいさつ》する。

「私は、これで」

「ああ、どうも」

そそくさとその場を立ち去った英子と入れ替わるように、立花真が彩人の脇に立つ。

「あれ？　今の、『アリス・イン・マーダーランド』ですよね？」

「うん」

「なぜ、僕に挨拶もなく行ってしまったんだろう？」

察して然るべきだと思うが、常にポジティブな彼の中に、その答えは見つからなかったようだ。

仕方なく、彩人が答える。

「彼女は、白うさぎを追いかけるのに忙しいんだ」

「へえ」

そこで、キラッと目を輝かせた真が、「ということは」と名探偵のようにピッと指をたてて告げる。

「犯人は白うさぎで、盗んだのは時間ですね？」

もちろん、それは根拠もなにもない戯言《ざれごと》に過ぎなかったが、人混みに消え去った英子のほうに視線を流した彩人が、「案外」と応じて首をかしげた。

「いいところを突いているのかもしれないな」

「そうですか？」

「うん。時々――本当に時々で滅多にないことだけど」

その部分を強調し、彩人は真をうながして歩き出しながら褒める。

「君って、ものすごく鋭いことを言うね」

それに対し、跳ねるようについて歩きながら、真が答えた。

「ヤダなあ、センセイ。いつものことじゃないですか」

第四章　雪月花の行方

1

数日後。

一色《いっしき》邸では、当主である孝造《こうぞう》の協力のもと、邸内の大掛かりな捜索が行われた。

朝から花曇りの肌寒い日で、はらはらと花びらを落とし始めた桜が、凍《こご》えるようにその身を風に揺らしている。

大勢の捜査員がわさわさと邸内を動き回る様子を、母屋《おもや》の縁側の前に立って見守っていた英子《ふさこ》に、いつの間にか背後に忍び寄った瑠奈《るな》が言う。

「……美雪《みゆき》、本当に見つかるのかしらね？」

「さあ」

前方を見つめたまま、英子が答える。

「どうかしら」

「見つかったら、英子はどうするつもり？」

「別に。通常通り、捜査するだけよ」

「——ふうん」

今日の捜索で、英子は、一色家との関係性を考慮され、実働員としてではなく両者の折衝役に選ばれてここに立っていた。双方の間で認識の食い違いなどなにか問題が起きた場合、間に入って、速やかに対処するのが彼女の仕事だ。

柱に寄りかかった瑠奈が、「それにしても」と続ける。

「皮肉よね」

「なにが？」

「だって、あの子ってば、死んだあとも、私たちのそばにまとわりついて、こんな風に脅《おびや》かそうとしていたわけだから——」

そこで初めて、英子がチラッと友人を見る。

この前の会話といい、今といい、瑠奈がここまで美雪を敬遠していたとは、正直思っていなかった。

高校時代、幼馴染《おさななじ》みである一色瑠奈と笙野《しょうの》美雪の間には、あとから加わった英子には踏み込めない絆《きずな》のようなものがあって、そのことを英子はいつも肌で感じていた。

だが、その仲の良さの陰には、こんなにもドロドロした根の深いものが渦巻いていたのだろうか。

当時はまだ、英子も、複雑な感情を見通すだけの客観性を備えていなかったため、つい見過ごしてしまったのかもしれないが、それと同時に、喜怒哀楽が表に出やすかった美雪と違い、瑠奈はなにを考えているのかわからないところがあって、胸に秘められた想《おも》いに気づくのは難しかったといえよう。その神秘性は大人になった今も変わらず、庭を見つめる瑠奈の表情からは、なにも読み取れなかった。

英子が、答える。

「言っておくけど、まだ美雪が殺されて埋められたと決まったわけではないのよ？」

「そうでしょうけど、こうして人の家の庭を掘り返しているくらいだから、見つかる可能性は高いんじゃなくて？」

遠方に目を向けたまま、瑠奈が続ける。

「それに、さっき、警察の人が言っていたけど、亡《な》くなった清江《きよえ》さんが、美雪の事件にかかわっていたかもしれないって」

「それについても、まだ確証はないことよ。——ただ」

そこで、小さく溜息《ためいき》をついて、英子は告げた。

「もし、この庭で美雪の死体が見つかった場合は、そう考えざるを得なくなるでしょうね。なんといっても、この庭に死体を埋めようと思ったら、彼女の協力なしにはできなかったでしょうから」

「協力ね」

瑠奈が口元を歪《ゆが》めて、英子を見る。

「そんなの、信じられる？」

「いいえ」

「そうよね。清江さんは、絶対に関与していない。――万が一、していたとしても、息子を庇《かば》うために、ちょっと嘘《うそ》をついただけよ。清江さんは、やっていない」

「私も、そう信じたいけど……」

その一瞬、高校時代の自分に戻って、英子は言った。

留守の多かった瑠奈の両親の代わりに、お手伝いの清江が瑠奈や、たまに遊びに来る英子や美雪の面倒をみてくれた、その時の笑顔が、今でも忘れられない。

ただ、無実を信じたくても、二人とも死んでしまっている今、そのあたりの事情を明確にするのは、難しいだろう。おそらく、はっきりさせられるのは、笙野美雪が、あの夜、どこでなにをされたか――くらいである。

警察官の立場で言葉を濁した英子に対し、瑠奈が「絶対よ」と頑《かたく》なに主張する。

「清江さんは、絶対に、巻き込まれただけ」

と、その時――。

捜索隊の一部に動きがあった。砂鉄が磁石に吸い寄せられるように、ある一か所に向かって、捜査員が移動していく。その中心にあるのは、母屋の裏手に根をおろす、大きな山桜の下であった。

ハッとした英子と瑠奈が、同時に身を乗り出して見ていると――。

「あったぞ！」

誰かが、叫んだ。

次いで。

「あった！　出たぞ！　白骨死体だ！」

それからすぐ、現場は大騒ぎになり、英子も急いで走り寄りながら、背後に向かって告げた。

「瑠奈は、そこにいて！」

捜査員たちが黒山の人だかりとなっている場所に近づくと、ひときわ背の高い大倉が輪を抜け出てくるのが目に入ったので、状況を確認する。

「大倉さん。出たんですか？」

「ああ。出た」

「人間の白骨？」

「たぶん。大きさから言って、そうだろう」

応じた大倉が、桜を振り仰いで続けた。

「それにしても、まさか、本当に桜の樹《き》の下から死体が出るなんてね。……なんか、ちょっと出来過ぎの感がある」

「……そうですね」

たしかにそうなのだが、このことは、すでに一人の男によって宣告されていた。

華術師である宮籠彩人《みやこもりあやひと》は、「花の迷宮」から桜を授かった英子に対し、「探しているものは、やはり桜の樹の下から出てくる」と明言したのだ。

だから、英子自身は、この事実に対し驚きも意外性もなく、「やっぱり」というしっくりくる納得しか感じなかった。

それより、問題なのは、死体が桜の樹の下にあった、意味である。

鑑識が大きな荷物を抱えてやってきて、あたりがさらに騒然としていく中、舞い散る桜の下に立った英子は、母屋の縁側にいる瑠奈に視線を止めて、考える。

彩人の言った通り、笙野美雪の死体は、桜の樹の下に埋まっていた。

(だけど、そうなると……)

次に彩人が言った言葉が重要な意味合いをおびてくる。


貴女が求める答えは、雪と月と花の描く輪の中にある——

（雪と月と花の描く輪の中……）

雪と月と花。

それが、文字通り、仲良し三人組だった美雪と瑠奈と英子の関係性の中にあるのだとしたら、そのことが示す真実とはなんなのか――。

少なくとも、容疑者である河原俊也《かわはらとしや》は、彼女たちが描く輪の中にはいない。

真実。

それは、時として、すごく残酷で、その残酷さゆえに、人は、真実を追求することを放棄し、結果、迷宮の奥に秘められたままになるのだろう。

英子は、我知らず、重い溜息をつく。

果たして、自分には、真実を見すえる勇気があるのかどうか――。

2

一色邸の庭から発見された白骨死体は、十年前に行方不明になった女子高生、笠野美雪のものであることが確定し、一つの事件が大きく動いた。

十年間行方のわからなかった少女の遺体が、友人の家から発見される――。

その衝撃的なニュースは、新聞やテレビを通じて大々的に報じられ、いつもは観光客でにぎわう鎌倉の街に、大勢の報道陣が押し寄せた。

カメラを連れたリポーターが、住宅街を往来する。

商店街では、マイクを向けられた一般人が、あることないこと、得意げにしゃべりまくっている。

一種の騒乱状態だ。

そんな中、もう一つの殺人事件の捜査を続けている英子が、森閑としている宮籠邸を訪ねてきたのは、一色邸での遺体発見から数日経《た》った昼時のことだった。

ちょうど彩人のもとを仙堂橙子《せんどうとうこ》が訪ねて来ていたところで、二人がリビングで話していると、八千代《やちよ》が音も立てずに入ってきて厳かに告げた。

「彩人様にお客様です」

「客って――」

彩人が、ぞんざいに返す。

「この時間ってことは、どうせ立花《たてはな》君でしょう。今、取り込んでいるからと言って、追い返してくれませんか？」

それに対し、橙子が「あら」と反対する。

「なんで、いいじゃない。――っていうか、前々から思っていたけど、あんた、立花君にちょっと冷たいわよね。あんないい子なのに」

たしかに、橙子と真なら、限りなく前向きであるという点で、とっても気が合いそうだ。げんなりする彩人の前で、橙子が、八千代に向かって招くように手を振って指示する。

「いいから、入れてあげなさい」

すると、そこで初めて、八千代が静かに反論した。

「いいえ、いらしたのは立花様ではなく――」

「じゃあ、誰よ？」

「朽木《くちき》様です」

とたん、はじかれたように身体《からだ》を起こした彩人が、意外そうに訊《き》き返す。

「英子さん？」

「英子――？」

名字ではなく名前を呼んだのを聞きとがめた叔母をそのままにして、彩人は立ちあがり、急いで玄関へと向かう。

「英子さん」

呼びかけた彩人に、振り向いた英子が小さく頭をさげて応じる。

「どうも」

「珍しいですね。どうしました？」

平日のこの時間であれば、彼女はおそらく勤務中のはずだ。そして、河原俊也が殺害された事件は、まだ解決をしていない。

英子が、彼女らしい単刀直入さで答える。

「前に、『考え事がしたければ、いつでもどうぞ』とおっしゃってくださったので、来てみました。ちょっと、迷宮の中を歩かせてもらってもいいでしょうか？」

「本当に？」

至極意外そうな彩人に対し、「ええ」とうなずいた英子が、庭に目をやって続ける。

「宮籠さんの言葉を信じるなら、この先に、私にとっての真実が隠されているんですよね？」

とたん、それまでの驚きの表情をスッと消した彩人が、「つまり」とゆったりとした口調になって問う。

「真実と向き合う覚悟ができた、ということですか？」

「そうですね。――それと、ついでに、この前、宮籠さんが言っていたことも、もう少し詳しくお聞きしたくて」

彩人が、片眉《かたまゆ》をあげてちょっと考える。

「……それは、雪と月と花のことでしょうか？」

「そうです」

「なるほど」

納得した彩人は、前方を指さして告げた。

「迷宮には、そのくぐり戸から入れますから、ご存分にどうぞ。終わったら、テラスにいるので声をかけてください」

「わかりました」

指示された通り、くぐり戸を抜けようとしたところで、英子が「あ、そうだ」と言ってふり返り、手にしたコンビニの袋を持ち上げて訊いた。

「お腹《なか》が空《す》いてしまって……。歩きながら、おにぎりを食べてもいいですか?――もちろん、ゴミは落とさないようにしますから」

「構いませんよ」

まだ事件の捜査中である英子にとって、今は、わずかに与えられた休憩の時間なのだろう。刑事だって人間であれば、食事もするし、睡眠もとる。よほど切羽《せっぱ》詰《つま》った状況にない限り、いいとこ取りのドラマや映画と違い不眠不休で働いたりはしないはずだ。

一礼した英子が迷宮に消えるのを見届けた彩人がリビングに戻ると、橙子は、ちゃっかり八千代が準備してくれた昼食にありついていた。

なぜ、ここに来る人間は、必ずと言っていいほど、人の家のご飯を普通に食べるのだろうか。しかも、大抵の場合、住人より先に断りもなく、だ。

それを思うと、自分の分の昼食を持参していた英子が、より一層、清々《すがすが》しく思えた。

すると——。

「彼女、美人よねえ」

彩人の心の内を読み取ったわけでもないだろうに、叔母の橙子が唐突に言う。

八千代が引いてくれた椅子《いす》に座りながら、彩人はちょっと不機嫌そうに答えた。

「そうですね」

「あんた、好みでしょう」

「まあ、否定はしませんよ。それに、僕だけでなく立花君も好みのようですし。——というより、あれだけの美人であれば、押《お》し並《な》べて、男性は好みだと思います」

「ふうん」

なにか言いたそうに相槌《あいづち》を打った橙子が、フォークで突き刺した鶏肉を食べてから訊いた。

「——で、あんたたち、付き合っているの？」

「はい？」

「だから、あんたと彼女は、付き合っているの？」

「いいえ」

否定した彩人に、橙子がさらに訊く。

「なら、これから付き合うの？」

「いいえ」

再び否定した彩人が、辟易《へきえき》した様子でフォークを置いて言う。

「やけに気にしますね」

普段、人の恋愛事情など歯牙《しが》にもかけず、むしろ、年上好きの若い男を紹介しろなどと無理難題を吹っかけてくるくらいなのに、いったい、どういう風の吹きまわしであるのか。

「そうねえ」

サラダを食べ終えた橙子が、「まあ」と続ける。

「付き合う気がないならいいけど、先に忠告しておくと、彼女だけは、止《や》めておいたほうがいいわよ。あとあと、面倒だから」

「面倒？」

意外な言葉に、彩人は怒りよりむしろ好奇心にかられて、訊き返す。

「なぜ、英子さんと僕が付き合うと、面倒なことになるんです？」

すると、チラッと甥《おい》を見やった叔母が、残りの食事を片づけながら遠まわしに話し始める。

「あの子が花に無関心なのは、きっと母親の花嫌いが原因よ」

「英子さんのお母さんは、花嫌いなんですか？」

「そう。それでもって、母親の花嫌いは、あんたの父親である仙堂草一《そういち》に原因があるの」

「父に――？」

唐突にあがった故人の名前に驚き、彩人が身を乗り出して尋ねる。

「なぜ、父が関係してくるんです？」

それに対し、きれいに食事を食べ終えた橙子は、口元を拭《ふ》いたナプキンを置いて立ち上がると、カバンを手にして歩き出しながら「それはね」とさらりと衝撃の事実を口にする。

「あんたのお父さんが、長年の婚約者だった女性を振って、あんたのお母さんと結婚したからよ」

「え――？」

驚きに口をあけて絶句する彩人をその場に残し、橙子は、ちょうどコーヒーポットを抱えてリビングに入って来た八千代に向かって、挨拶《あいさつ》する。

「ごちそうさま、八千代さん。相変わらず、抜群の腕前ね。給料、今の倍出すから、うちに来ない？」

「ありがとうございます」

慇懃《いんぎん》に頭をさげた八千代が、様子のおかしい彩人を気にしつつ、確固とした口調で答える。

「ただ、大変申し訳ございませんが、私は、こちらの家が気に入っておりますので、お断りさせていただきます」

「あ、そう」

溜息とともに、橙子が言う。

「――それは、本当に残念だわ」

橙子が去ったリビングで、抜け殻のように呆然《ぼうぜん》としている彩人の前にコーヒーのカップを置いた八千代が、頃合いを見計らって訊く。

「彩人様、どうかなさいましたか？」

「……ああ、はい。ええっと」

ぼんやりしたまま湯気の立つコーヒーをすすった彩人が、人心地ついたところで、訊く。

「どうやら、僕の父には、母とは別に婚約者がいたそうなんですが、八千代さんは、そのことをご存知でしたか？」

すると、一度橙子の消えたほうを見やった八千代が、静かに「はい」と認める。

「存じ上げております」

つまり、これで、生まれてこの方、彩人の知らなかった真実が、一つ、明らかになったわけだ。

しかも、唐突に。

あるいは、これも、英子が迷宮に入ったがために、そこの主人である彩人との関係性まで浮き彫りにされてしまったということなのか。

八千代が、珍しく慰めるような口調で言った。

「ただ、よくある話でございますし、もう昔のことですよ」

リビングに吹き込んだ風とともに届いた言葉に、彩人もようやく気持ちを落ち着けて応じる。

「……ですよね」


その頃。

迷宮の中をそぞろ歩いていた英子は、その庭のすごさを改めて実感していた。

花嫌いの母親のせいで、小さい頃から花とは縁のない生活を送ってきたが、こうしてさまざまな種類の花に囲まれて歩いていると、嫌でもその美しさに心を奪われる。

名前も知らない、色とりどりの花々。

だが、どの花一つをとっても、すごくきれいだ。

なにより、生き生きとした草花が放つ香気とこの場の空気の清浄さが、この閉ざされた世界を違う次元へと引き上げている。

(これが、「花の迷宮」……)

ただただ、ひたすらすごいと思う。

いったいぜんたい、ここに咲いていない花が、この世に存在するのだろうか。

もちろん、世界中には、もっともっとたくさんの花があるはずだが、英子には、なぜか、ここにあるものがすべてに思えてならなかった。

それくらい、時空が超越している。

しばらく、そうしてまわりを取り囲む花たちに圧倒されていた英子であるが、あちこち見ながら歩くうち、いつの間にか、自然と思考の迷宮へと足を踏み入れていた。

捜査本部は、白骨死体で見つかった笙野美雪の殺害について、彼女のキーホルダーを所持していた河原俊也が犯人であるという線で方針を固め、すでに証拠品集めに動き始めている。

それに伴い、母親である河原清江がどこまで関与していたかという点が問題となっているのだが、そこをはっきりさせるのは困難で、ひとまず、偽証罪で書類送検するという方向で話はまとまりつつあった。

もっとも、白骨死体と一緒に見つかったいくつかの遺留品から、彼女が殺害に関与したことを示唆《しさ》するものが見つかれば、その時点で、殺人ほう助の罪などが追加されるだろう。

そんなこんなで、とりあえず、笙野美雪に関する捜査は一旦《いったん》打ち切られ、河原俊也が殺害された事件を集中的に調べることになった。

河原俊也が、笙野美雪を殺した犯人であるなら、今回の事件は、報復殺人である可能性が高い。

そこで、捜査本部は、遺族を中心に、当時、笙野美雪と関係の深かった人物のアリバイを、再度、徹底的に調べ上げた。

その中には、現役の刑事であり、且《か》つ笙野美雪の友人でもあった英子も含まれていたが、なんとも幸いなことに、河原俊也殺害の犯行時刻とされる時間帯には、たまたま同僚数人と飲みに行っていて、ほぼ完璧《かんぺき》なアリバイがあった。

同じく、一色瑠奈も、その日は、自宅に作ってもらった茶室で遅くまでお茶会を開いていたため、だれにも怪しまれずその場を抜けて犯行現場まで行き、なにくわぬ顔でまた戻ってくるのは不可能と判断され、容疑者リストからは消えていた。

さらに遺族についても、その夜は、全員早く帰宅し家にいたということで、ひとまず容疑者の候補からは外されたものの、彼らの場合、アリバイを証言しているのが互いに身内であるため、完全に疑いが晴れたわけではない。なんと言っても、これが報復殺人でないとなると、他にどんな理由があって河原俊也が殺されたのか、まったく見当がつかないからだ。

河原俊也は、妄想癖のあるしょうもない人間ではあったが、かといって、人からひどく恨まれるようなことはしていなかったようで、今のところ、他に容疑者らしい容疑者は浮かんでいない。

そういう意味では、美雪に対する犯行動機と考えられているストーカー行為についても、彼に対し、そういった被害を訴えている女性は特にいないようだった。

そんな男を、あんな場所に呼び出して殺したのは、誰なのか。

捜査は完全に行き詰まりかけていたが、そんな折、河原俊也が通っていた場外馬券場で聞き込みをしていた刑事が、耳寄りな情報をもたらした。

河原俊也と何度か飲みに行ったことがあるという男によれば、その飲みの席で、河原俊也が「近々、まとまった金が入る」と周囲に吹聴《ふいちょう》していたようなのだ。男は、その様子から、河原俊也が、なにか強請《ゆすり》のネタでもつかんだのではないかと思ったという。

その情報は、当然、捜査陣を浮き立たせた。

殺害の動機が過去の事件の報復にあるのではなく、新たに生じた強請に関係するものだとしたら、真犯人は、まったく別のところにいることになる。

ただ、そうなると、その強請のネタというのがなんであったのか。今の段階で、彼の部屋からは、そのようなものは一切見つかっていない。せめて、携帯電話が出てくればいいのだが、それは、依然として見つかっていなかった。

ちなみに、笙野美雪の携帯電話も、見つかっていない。白骨死体のそばにはなかったため、おそらく、犯人が持ち去り、とっくの昔に処分したものと思われる。

それだけ、犯人が周到なのだろう。

実は、そのことが、英子は引っかかっていた。

彼女の印象として、河原俊也は、さほど緻密《ちみつ》な計算ができる頭を持っていない。彼が殺人を犯したとして、果たして、死体のそばから携帯電話を持ち去るという考えが、とっさにわくものだろうか――？

それに、河原俊也にストーカーの気がないのであれば、笙野美雪を殺した動機も曖昧《あいまい》になってくる。

だが、そうなると、犯人は別にいるということになり、その筆頭候補は、当時、美雪は来ていないと嘘の証言をした河原清江だ。

（でも、あの清江さんが……）

よく気がまわり、真面目《まじめ》に働いていた河原清江。そこには、たとえどんな理由があろうとも、人を殺《あや》めるような要素は微塵《みじん》もなかった。

（やっぱり、なにかが違う）

どこかで一つ、パズルのピースを嵌《は》め間違えている気がしてならない。

混乱した英子は、思考の海を出るため、一度立ち止まってあたりを見まわした。

目の前は、緩やかな斜面になっていて、そこに、こちらに向かって斜めに枝を伸ばす山桜があった。

満開の桜。

花が先に咲くソメイヨシノと違い、花の色と新緑の青さの対比が鮮やかだ。

(桜ねえ……)

そこで、英子の思考が百八十度回転し、彩人の言葉を吟味し始める。


貴女《あなた》が求める答えは、雪と月と花の描く輪の中にある――。


雪と月と花。

雪。

笙野美雪。

疎《うと》ましい――。


あの子ってば、死んだあとも、私たちのそばにまとわりついて、こんな風に脅かそ

うとしていたわけだから――

はらはらと舞い落ちる桜を見あげた英子は、「私たち……」とつぶやくと、ややあってパッと身を翻《ひるがえ》し、あとは脇目《わきめ》もふらず、グルグルと蛇行する花の迷宮を出口に向かって突き進んで行った。

3

庭から現われた英子を見た時、彩人は、一瞬、自分にも初めて「サユリ」の姿が見えたのだと思った。だが、息せき切った相手が「宮籠さん」と呼びかけた瞬間、ハッと現実に立ち返って応じる。

「――ああ、おかえりなさい、英子さん」

テラスに出したテーブルでお茶を飲んでいた彩人は、空いている席を示しながら尋ねる。

「それで、真実には辿《たど》り着きましたか？」

「どうかしら」

示された椅子にすとんと座った英子が、「まだ、よくわかりませんが……」とつぶやきながら考え込む。

透明なポットからハーブティーを注いだ彩人が、白い小花模様のガラスカップを彼女の前にさし出して勧める。

「まあ、どうぞ」

「どうも」

沈黙。

ややあって、ようやく英子が訊く。

「あの、つかぬことを伺いますが、宮籠さんは、近しい人——家族でも友人でもいいんですけど——を怖いと感じたことはありますか？」

片眉をあげた彩人は、少し悩んだ末、「ええまあ」と認める。

「あるといえば、ありますよ」

「その人から離れたいと思うほど？」

「そうですね」

ゆったりと寛《くつろ》いだ体勢で応じた彩人を前にして、つられたように肩の力を抜いた英子は、もう一口お茶を飲んでから、内緒ごとを打ち明けるように静かに話し出す。

「——実は、美雪がそうでした」

「美雪さんというのは、白骨死体で見つかった方ですね」

確認する彼のそばには、ここ数日の新聞が置いてある。

「ええ」

「その方とは、お知り合いだったんですか？」

「知り合いというより――」

そこで、かいつまんでこれまでの経緯を説明した英子に、彩人が「なるほど」とうなずいて続ける。

「つまり、その方が三つ目のピース、即ち『雪』になるわけですね？」

「ええ。――美雪は」

記憶を探るように遠くを見つめ、英子は話し出した。

「自我が確立していない子でした。それに、小柄でしたが、美人で外交的で、なによりとても発散しているエネルギーの強い人間だった。――この意味、わかります？」

「なんとなく」

おそらく、なにをするにも圧があるような人間だったのだろう。

身近な例をあげると、叔母の橙子がそうである。ただ、彼女の場合、年の功もあってか、自我が確立している上、エネルギーの発散も臨機応変にコントロールできる。

英子が続けた。

「そんな彼女は、……こんなことを言うのも変なんですが……、私に憧《あこが》れているようなところがあって、私みたいになりたがっていました。しかも、それはしだいにエスカレートしていって、そのうち、私に成り代ろうとしているかのように、私の全《すべ》てを真似《まね》し始めたんです」

「……それは」

かなり鬱陶《うっとう》しい話である。

当時のことをまざまざと思い出したのか、英子が憂鬱そうに続けた。

「今思えば、自我が確立していなかったせいで、他人との境界線が曖昧だったのでしょう。私の記憶によれば、彼女の家は、母親が支配的な人で、子どもを自分の思い通りにしようとする傾向にあったから、成長の過程で自分というものを見出《みいだ》せずに育ってしまったのかもしれません」

それは、子どもにしてみれば、かなり苦しいだろう。それでなくても、一般的に母と娘の関係というのは境界線が引きにくく、のちのち苦労することが多い。その手のことを書いた本がバカ売れするのも、そのためだ。

「美雪さんに反抗期は、なかったんですかねえ？」

彩人の質問に、「たぶん」と英子が答えた。

「なかったと思います。——そして、そんな状態の時に、私という彼女に取っての理想形を見つけてしまったものだから、彼女はなんとかしてそれに成り代ろうとしたのではないかと思います。ある意味、彼女が彼女であるための必死のあがきだったのかもしれないんですけど、それでも、私が誕生日に両親に時計を買ってもらうと、次の週には同じ時計をしてきて、嬉《うれ》しそうに『お揃《そろ》いだね』って見せてくれたり、他にも、私が理科系の実験セミナーに申し込むと、同じセミナーを受講し、私が近くの男子校の生徒とお付き合いすることになると、その友人に近づいて行動をともにするなど、なにからなにまで、私と同じじゃないと気が済まないような状態で、私も幼かったし、そういう彼女に対し冷静ではいられなくなって、ふと、このまま行ったら、ついには、私の存在が消されてしまうのではないかという恐怖心を抱いたりしました」

「それは、大変でしたね」

彩人は、本気で同情する。

もし、自分に対してそんな風にまとわりつく人間がいたら、きっとつれなく追い払うだろうし、千利《せんり》なら、痛烈な一言で再起不能にするかもしれない。

「おっしゃる通り、大変でした」

大きく首肯し、英子が続ける。

「だからといって、彼女のことを嫌いにはなりませんでしたが、さすがに少し嫌気がさしてきて、しばらく距離を置こうかと思い始めた矢先、あの事件が起きたんです。しかも、皮肉なことに、春先に大雪が降った日に、彼女は消えてしまいました。――本当にショックでした」

　思いつめた表情で、彼女が告白する。

「――まるで、私がそうなることを望んだような気がして」

「そんな――」

　彩人が、大きく首を横に振って否定する。

「そんなこと、あるわけないじゃないですか。英子さんらしくない」

「そうかもしれませんが、でも、高校生の私にとっては、簡単には割り切れないことだったんです。――それに、今でも正直、美雪のことを考えるのは怖い」

　心の奥底に封印していた想いを、彼女がさらけ出す。

「だって、どうして、関係ないと言い切れるんです。この世には、目に見えないものが存在する可能性だってあって、ちょっとした想いが、他の人の人生に影響を及ぼすことだってあるかもしれない」

「バカバカしい」

　彩人が、手を打ち振って否定する。

「万が一、そうだったとしても、それがコントロールできない形で存在するなら、もはや自然災害と同じで、一種の運命に属することですよ」

「自然災害?」

「そうです。あるいは、お互い様とでもいうべきか」

言い直した彩人が、「僕の」と続ける。

「高校時代の友人の大学の後輩が、以前、アルバイト先である編集プロダクションの仕事の一環として、呪《のろ》いの作用について科学的に検証するということをやったようなんですが、そいつが言うには、呪いというのは、人が無意識にする選択に作用するらしいんです」

「無意識にする選択に作用？」

「ええ。わかりやすく言うと、AとBという選択肢が目の前にあって、Aを選ぶと悪い結果になるというのが理屈ではわかっているのに、行動を起こす一瞬前の無意識の選択の段階で、ついAを選んで行動してしまう――、その破滅的な選択にこそ、呪いは作用するのではないかと。――もっとも、結論としては、検証できない限り、呪いは存在しないということでしたが」

内容を吟味《ぎんみ》するように真剣な表情で聞いていた英子が、「でも」と反論する。

「今の理論でいくと、やっぱり、美雪が結果的に殺されてしまったのには、私の想いが少なからず関係しているということですよね。つまり、あの時、一瞬でも私がそう想わなければ、何かしらの選択の結果、美雪は、まだ生きていたかもしれない」

「あるいは、どっちにしろ、殺されていたかもしれない」

あっさり切り返した彩人が、「なぜなら」と続ける。

「美雪さんに対し、同じような想いを抱いていた人物が、貴女の他にもいたかもしれないわけですから」

「……私と同じような想い？」

その瞬間、英子の脳裏に響いた言葉。


死んだあとも、私たちのそばにまとわりついて――。


思い当る節があるように考え込んだ英子を見つめ、彩人が諭す。

「どこのだれが、ある瞬間になにを想ったかなんて、それこそ神でもない限りわからないわけで、そうなると、それがだれかの人生に影響しようとしまいと、そんなことはもう私たちが責任を負うべき範疇《はんちゅう》にないことでしょう。――それより、僕たちが考えるべき問題は、だれが、その想いを行動に移したか、です」

「行動に……」

「そう。――いいですか、英子さん。貴女の求めている答えは、あくまでも真実であって、内に秘められた罪悪感ではないはずです。そして、真実とは常に現実に即したもので、決して可能性の問題なんかではありませんよ。――少なくとも、刑事である貴女には、その点で揺らいでほしくないです」

「もちろん、わかっていますが」

ようやくいつもの英子らしい健全さを取り戻しながら、彼女が主張する。

「それでも、美雪のことを考えるのは、やっぱり怖いし、つらいです」

「それで、瑠奈さんとも距離を置いたんですか？」

「……まあ、そうですね」

ためらいがちに応じた英子を、彩人が目を細めて眺める。どうやら、彼女の中の秘め事はつきないらしい。まさに、「百種《ももくさ》のことぞ隠《こも》れる」だ。

英子が、「だけど」と推測する。

「瑠奈は、私の想いなんて、とっくに気づいていました。それで、あんな絵を描いたんです」

「『桜隠し』のことですね？」

言いながら、彩人は新聞の下に埋もれていた『桜隠し』の写真を引っぱり出す。

それを見た英子が、びっくりしたように問いかける。

「あら。これ、どうしたんですか？」

「色々あって、立花君経由で届きました」

「へえ」

意外そうに受けたあと、写真の上に指を滑らせた英子が言う。

「この絵には、本当に参りました。桜を浸食する雪なんて、まさに、あの頃の私と美雪の関係そのものですよ」

それに対し、彩人が問う。

「だけど、気づいていますか?」

「なにを?」

「この絵、ここに、うさぎが描かれているんです」

言いながら指でさされた箇所を、英子が目を近づけて覗《のぞ》き込む。

「どこ?」

「ここです」

「え、見えない。どこ——あ、ホントだ」

ややあって、絵の中にうさぎの形を見出したらしい英子が、びっくりして続ける。

「やだ。言われるまで、まったく気づきませんでした」

「まあ、そうでしょうね。このうさぎは、すでに雪と同化していますから」

「雪と同化……?」

その言葉に引っ掛かりを覚えたらしい英子が、「だけど」と尋ねる。

「どうして、こんなところにうさぎがいるんでしょう? しかも、こんなわかりにくく」

「それなんですが」

彩人が、前に千利から学んだことを伝える。

「丸まったうさぎは、『玉兎《たまうさぎ》』と言って、月の代名詞でもあるそうです」

「月？」

繰り返した英子が、確認する。

「それなら、このうさぎは、月の代わりなんですか？」

「そうです。——言い換えると、ここには、貴女と美雪さんだけでなく、実は瑠奈さん自身も描き込まれていることになります。一般的に見て、『雪月花』の、あり得ない三《み》つ巴《どもえ》を組み込んだ見事な絵となるわけですが、もちろん、貴女にとっては、当時の三人の関係性を閉じこめたものということになりますね」

「雪月花……」

考え込む英子に、彩人が解説する。

「先ほどもちょっと触れましたが、その絵から判断して、おそらく、当時、美雪さんに対し、ある種のマイナスの感情を抱いていたのは、貴女だけではなかったはずです」

「瑠奈も——？」

「はい」

つまり、あの時「私たちを脅《おびや》かす」とひとくくりにしたのは、思わずもれた、彼女の本音だったのだろう。

彩人が、続ける。

「下手をすれば、彼女は貴女なんかより、もっと切実に怖《おそ》れていた。――手遅れと思うほどに」

「手遅れって……、だとしたら、瑠奈は」

その先を言い淀《よど》んだ英子に対し、写真を手に取った彩人が、それを眺めながらつぶやいた。

「雪と月と花。それぞれの季節を代表する『雪月花』は、所詮、一緒にはいられない三人だったのでしょう」

とたん、英子がハッとして彩人を見た。

似たような台詞《せりふ》を、つい最近、聞いたばかりだからだ。

やっぱり、私たちは別々になる運命だったのかもしれないわね。

瑠奈が口にした。

そこには、どんな想いが秘められていたのか。

なんにせよ、一色瑠奈には笙野美雪を殺害する動機があり、且つ、被害者が一色邸で殺されたのであれば、彼女にも犯行は十分可能だ。

(だけど、まさか、本当にそんなことが……？)

迷宮が隠し持つ真実とは、時にひどく残酷だ。

もちろん、このまま河原俊也の犯行が立証されてくれれば問題ないのだが、ひとまず刑事として英子がやらなければいけないことは——。

考えていると、彼女の服のポケットで着信音が鳴った。慌《あわ》てて取り出したスマートフォンには、知らない名前が表示されている。

「大村隆《おおむらたかし》」

つぶやいた彼女が、首をかしげる。

(——って、誰だっけ？)

しばらくそうしてスマートフォンとにらめっこしていたが、ややあって、それが、以前、河原俊也の部屋で見つけた名刺にあった名前であることを思い出す。

(あ、あれか)

すっかり忘れていたが、あの時打ったメールの返信が、ようやく今来たのだ。

かなり遅い。

メールを開きながら、英子は思う。

（この人、宇宙か北極にでも行っていたのかしら）

そのメールには、遅くなった返信への謝罪と彼のスケジュールが書いてあった。間が抜けてはいるが、当然、会って話を聞くべきだろう。

それからすぐ、宮籠邸をあとにした英子の中では、それまであった迷いや不安はきれいに拭《ぬぐ》い去られていたが、それとは別に、結末への気の重くなる予感が確実に膨らみ始めていた。

4

逗子《ずし》の海沿いにある喫茶店で待っていた大村隆は、その辺にいそうで、実はあまり見かけないタイプの男だった。

中肉中背で、ペイズリー柄のバンダナを鉢巻のように頭に巻き、丸いメガネをかけている。どこからどう見てもおじさんだが、眼鏡の奥の瞳《ひとみ》は、少年の心を宿してキラキラ輝いていた。趣味が高じて、その業界では名を知られるようになり、昨今の風潮からテレビの取材も一度や二度は受けたことがある、——とまあ、言ってみればそんな感じの風体《ふうてい》だ。

実際、工務店を営む彼は、最近では店番を妻に任せ、時間が許す限り、趣味に駆けずり回る生活を送っているという。

その趣味というのが――。

「坑道探検……、ですか？」

英子が尋ねる。

捜査中の刑事は、基本二人で行動しなければならないため、今、彼女の横には、相棒である大倉和久《おおくらかずひさ》がいる。大きな図体《ずうたい》を丸めてストローでアイスコーヒーを吸い上げる姿は、森から出てきた妖怪が文明世界に触れているようで、妙な違和感があった。

ついでに言うと、ホットコーヒーのカップを傾ける英子の前には、ピザトーストを美味《おい》しそうに頬張る大村がいて、こっちはこっちで、アライグマかコアラあたりの食事風景を見ているようだった。坑道探検家なら、アナグマか。

大村が、教える。

「まあ、簡単に言えば、あっちこっちに開いている穴に入って、中を歩いてみるのが趣味ってこと」

「だけど、そんな場所に入って、危なくないんですか？」

「もちろん、危ないよ」

ケロリとした口調で認め、大村は続けた。

「実は、今回も落石でケガをして、田舎の病院に入院していたんだ。それで、家のパソコンがチェックできずに、そちらへの連絡が遅れてしまった」

「それは大変でしたね」

「うん。でもまあ、一応気をつけてはいるし、ディスカバリーチャンネルも、しょっちゅう見て勉強している」

「ディスカバリーチャンネル？」

とっさに「UFOとの遭遇」のようなものを思い浮かべた英子の横で、大倉が口をはさんだ。

「サバイバルのやつ？」

「そう」

「あれ、おもしろいっすよね」

「うん。マイナス三十度の世界でのサバイバルなんて、日本ではちょっと経験できないだろうけど」

「砂漠も」

そのまま、ディスカバリーチャンネルの話で盛り上がりそうになったところで、英子が、さっさと本題に入る。

「それはそうと、河原俊也について、二、三、お訊《き》きしたいことがあるのですが、彼のこと、覚えていらっしゃいますか？」

「河原さんねえ」

顎《あご》を触りながら、大村がうなずく。

「覚えているよ。一ヶ月くらい前の話になるけど、この近くにある坑道のことを教えてくれって言って来たんだ。――だけど、まさか、その彼が殺されるとは」

しみじみ言って、続ける。

「彼、なんで、殺されちゃったわけ？」

「それを、今、調べているんです」

「ああ、そうか。そうだよね」

屈託なく笑った大村が、言う。

「――で、なにが知りたいの？」

「河原俊也が、貴方《あなた》になにを聞いたかです」

「だから、それは、この近くにある坑道のことだよ」

メモを取りながら、英子が尋ねる。

「つまり、近くに坑道がある？」

「うん。この辺、多いんだよ。坑道とか防空壕《ぼうくうごう》」

「そうなんですか？」

意外そうな英子に対し、大倉がうんうんと首を縦に振っている。どうやら、鎌倉警察署に長くいる彼は、そのこと自体は知っているらしい。

大村が補足する。

「防空壕なら、ちょっと歩いただけで、わんさと見つかる」

「へえ」

「切通しも多いし」

「それは、さすがに知ってます。観光資料に載ってますから」

メモを取る手を止めて応じた英子が、質問を続ける。

「それで、河原俊也は、どこの坑道のことを尋ねたんですか?」

「どこって、逗子に近い側の山中にあるやつだよ。仲間内ではけっこう有名で、なんのために掘られたのかは不明だけど、ハイキングコースにあがる道の途中に出入り口があって、もう片方の出入り口がどこにあるのかが、ずっとわからなかったんだ」

「なるほど」

すると、ふたたび大倉が横から口をはさんだ。

「ハイキングコースって、金沢区のほうに抜けるやつ?」

「そう」

英子が、話を引き戻す。

「それで、河原俊也は、なぜ、その坑道に興味を持ったんでしょう?」

「なぜかは知らないけど、その坑道、ちょっと変わっていてね。僕も、中を歩いたことがあるけど、穴の先は行き止まりになっていて、コンクリートの壁が立ちはだかっているんだ。ただ、その壁には切り込みがあるから、たぶん、どうかすれば開くはずだと考えられていた」

「開く？」

不思議に思った英子が、確認する。

「ドアのように？」

「まさしく！」

パチンと指を鳴らした男が、「あれは」と言う。

「ドアだね。しかも、向こう側からしか開かない一方通行のドア。ずっとそう思っていたら、半年くらい前だったか、取り壊しの決まった知り合いの家の蔵から、某お屋敷の設計図が出てきて」

「某お屋敷？」

「知っているかどうか。ノイ食品工業の創業者のお屋敷なんだけど」

英子が大倉と顔を見合せてから、問う。

「一色邸？」

「ああ、そうそう。あの家、土台が建てられたのが大正時代で、その後、昭和に入ってから大きな改築工事がされたんだけど、その時に作られた設計図がそれで、そこに、裏山に抜ける地下道の入り口が書き込まれていたんだ」

「――まさか、それが？」

「うん、そう。例の坑道のもう一つの出入り口だった。結局、あのコンクリートでできた壁は、一色邸の母屋《おもや》の地下室の壁であることがわかったんだ。――これは、一色孝造氏に確認したことだから、間違いない」

これには、さすがの大倉も驚いたらしく、大きな図体を起こして興味を示した。

「つまり、一色邸からは、その地下道を通って、ハイキングコースへあがる道のあたりに出られる？」

「そう」

凍り付いた表情のまま、英子が訊いた。

「……ちなみに、その坑道って、今も通れるんですか？」

「もちろん」

大村が太鼓判を捺《お》す。

「狭いけど、大昔のものと違ってきちんとコンクリートで補強されているから、暗がりが怖くなければ、誰でも通れるよ」

「私たちが今から行っても、歩けます？」

「うん。もうすぐ暗くなるから、懐中電灯は持って行ったほうがいいと思うけど、それがあれば、通れるよ。――なんなら、案内しようか？」

「いえ。場所だけ教えていただけたら、行ってみます」

「そう。初めてだとちょっと見つけにくいかもしれないけど、まあ、がんばって」

そこで、ネットの地図上でだいたいの位置を教えてもらった英子は、最後に、肝心な質問をする。

「ということは、河原俊也は、その坑道が一色邸に繋《つな》がっていることを確認しにきたんですね？」

「じゃないかな」

うなずいた大村が、ちょっと眉《まゆ》をひそめて続けた。

「え、まさか、それって、彼が殺されたことと、なにか関係があるの？」

だが、もちろん、その質問には答えられず、英子と大倉は大村に礼を述べると、逗子の喫茶店をあとにした。

5

大村隆と別れたあと、英子と大倉は、教えられた通りに坑道のある地点へと公用車を走らせた。

暗くなり始めた雑木林。

車から降り、あちこち見てまわった結果、それは案外すぐに見つかった。

周囲には低木が生い茂り、パッと見にはわからないようになっていたが、暗い穴を照らした先は、たしかに道となって奥へと延びている。

当然、中は真っ暗だ。

落ちかかる枝を払いのけて穴に入り、懐中電灯を手に歩いてみると、二人の足では往復するのに十五分もかからなかった。

戻って来たところで、穴の前に立ち、英子と大倉は時計を見ながら確認し合う。

「思ったより、距離が短い」

「拍子抜けするくらいですよ」

それから背後をふり返り、英子は続ける。

「それに、向こうとも近いですね」

大倉がうなずく。

「近いな」

殺害現場は、道を隔てて目と鼻の先である。

それなのに、捜査陣にこの場所が注目されなかったのは、他でもない、中が行き止まりになっていたからだ。よくある防空壕と同じだと思われた。

だが、実際は行き止まりではなく、ここは立派な通路だった。

そのことが示す事実――。

一色邸から河原俊也の殺害現場まで、往復するのに一時間以上かかると考えられていたが、この道が生きているとなると話は違ってくる。おそらく、所要時間は十五分。邸内の移動を含めても、二十分あれば、余裕で行って帰ってこられるはずだ。

しかも、人目につかずに移動できる秘密の抜け道だ。

大倉が、どこか気遣う口調で言った。

「……一色瑠奈のアリバイが、怪しくなってきたな」

「はい」

「たしか、お茶会の途中で、薬を飲みに母屋に戻っているはずだろう？」

「出席者の証言では、その間のドタバタで、お茶会の終了がかなり遅れたということでした」

「つまり、結局のところ、最初の見立て通り、親友による報復殺人ってことになるのか」

「報復……」

大倉のあとに続いて腐葉土の斜面をあがりながら、英子は考える。

報復というのは、河原俊也が笙野美雪を殺したという前提に立った上で初めて成立する動機だ。

だが、もし彼が、笙野美雪殺しの犯人でないとしたら、どうなるのだろう。

河原俊也は、誰かを強請《ゆす》ろうとしていた節がある。

そして、その彼が、笙野美雪のキーホルダーを所持していたという事実。

笙野美雪殺しの証拠とされている雪だるまのキーホルダーが、実は、別の人間の犯行を証明するものであったとして、河原俊也にとって、まさに、それこそが強請のネタではなかっただろうか。

一色邸内部にあるはずの坑道への出入り口。

それは、あの家の人間にしてみれば、周知のことであったはずだ。ただし、子どもには危険だから、そこで遊んではいけないという禁止事項が存在したかもしれない。

だが、禁止事項というのは、得てして好奇心旺盛《おうせい》な子どもたちに、こっそり破る快感をもたらす。人に知られていない秘密の抜け道を行ったり来たりするのは、どれだけの興奮とスリルがあったことか――。

英子だって、そんなものがあれば、絶対にワクワクしていただろう。

当然、幼馴染《おさななじ》みだった一色瑠奈と笙野美雪が、小さい頃、その興奮を共有しなかったはずはない。

もちろん、それらは、今のところ推測にすぎないが、その時、英子の脳裏に、忘れていたかつての記憶が蘇《よみがえ》る。

それは、何度目かに一色邸を訪れた時のことだ。

いつものように、美雪と瑠奈と三人で宿題をしていると、おやつを持って入ってきた清江が、驚いたように言った。

「あら、美雪お嬢様、いつの間に、いらしてたんですか？」

それに対し、美雪と瑠奈は、チラッと目を見かわしてこっそり笑った。二人だけにわかる秘密のやり取り。

たぶん、坑道は、幼い彼女たちの秘密の遊び場だったのだろう。

そして、もしそうなら、あの大雪の降った日、長い距離を歩くのを面倒くさく思った美雪が、瑠奈にメールし、かつて遊んだ坑道を通って密《ひそ》かに一色邸に入れてもらったという可能性は十分あり得る。

どちらにせよ、美雪は、運命のあの日、一色邸にいたのだ。

ただし、現在捜査本部が打ち立てている仮説のように、河原清江が偽証したのではなく、彼女は本当に美雪が来ていたことを知らなかった。何故《なぜ》なら、美雪は、正面玄関を通らずに入ったからだ。

前に、そうやって河原清江をびっくりさせたように――。

（求める答えは、雪と月と花の描く輪の中にある……）

その時、英子のスマートフォンが着信音を響かせた。

電話に出ると、それは捜査本部につめている同僚の刑事からで、彼は少し興奮した声で訊いた。

『朽木。お前ら、今、どこだ？』

「河原俊也の殺害現場です。――もしかして、そっちで、なにか大きな進展がありましたか？」

『ああ』

うなずいた相手の言葉を一緒に聞くため、大倉が身体《からだ》を折って、英子が手にしているスマートフォンに耳を近づける。

相手が続けた。

『いいか。腰を抜かすなよ。笙野美雪の白骨死体と一緒に見つかった遺留品から取れたDNAは、河原俊也と河原清江、どちらのものとも一致しなかったぞ。指紋も、だ』

「つまり、二人はシロってことですね？」

『そうだ。それで、捜査本部は今、蜂の巣をつついたみたいに大騒ぎになっている』

「そうですか」

そこで、視線を落とした英子は、鎌倉署の自分のデスクに置きっぱなしにしているポストカードを思い浮かべながら、同僚に頼んだ。

「それなら、至急、照合してほしい指紋があるんですけど――」

6

数日後。

うららかな陽気となった午前中、八千代がテラスに準備してくれた朝食を食べ終えた彩人は、読んでいた新聞を置いて小さく溜息《ためいき》をついた。その新聞には、白骨死体で見つかった笙野美雪と山中で殺された河原俊也、その二件の殺人罪で逮捕された一色瑠奈のことが書いてある。

テーブルの上の食器をさげていた八千代が、彩人に目をやって言った。

「朽木様にとっては、つらい結果になったようですね」

「そうですね」

「それにしても、どんな事情があって、仲の良かった友人を手にかけたりしたのでしょう」

「さあ」

首を振った彩人が、立ち上がりながら言う。

「それでなくても、難しい年頃ですから」

それから、「ちょっと、庭を見てきます」と言い置いて、花鋏《ばさみ》やシャベルを手に彼はテラスを出て行った。

春の迷宮は、格別に美しい。

もちろん、どの季節もそれなりに風情《ふぜい》があるように整えられてはいるが、あらゆる生命が芽吹く春には、どうしたって適《かな》うものではない。

赤、白、黄色、ピンク、紫、オレンジ、青の花々。

それに加え、新緑の色鮮やかなこと——。

あらゆる命が、一瞬のきらめきの中に、すべての喜びを表現しているような、そんな華やかさがある。

生命力に満ち満ちた小路《こみち》を歩きながら、しかし、彩人自身は、どこかもの憂《う》げに考え込んでいた。

どんな事情があって、仲の良かった友人を手にかけたりしたのか——。

八千代は、そのことがわからないようだったが、英子と三人の関係について話したことのある彩人には、なんとなく察しがついていた。

それは、奇跡の三つ巴《みつどもえ》、「雪月花」の行く末だ。

同時に存在してはならないはずのものたちが、たまたま同じ場所にいたために辿《たど》ることになってしまった運命ともいえる。

（ただ……）

彩人は、ここに来て、なにかが引っかかっていた。

雪に浸食されていく桜と、雪と同化しておびえるうさぎ。うさぎは月で、それは一色瑠奈を指している。

（雪と同化しておびえるうさぎ……）

そのうさぎは、雪に溶け込み、すでにほとんど原型をとどめないほどになっていた。

同化して――。

彩人が、ハッとしたように顔をあげる。

（同化して……？）

なにかが頭にひらめいたように思った瞬間、彼の背後をすうっと、だれかが通り過ぎる気配がした。

（サユリ――！）

慌てて振り返った彩人の前に、ザッと音を立てて、桜の花びらが舞い上がる。

奪われる視界。

一瞬――。

世界が、すべて桜色に染まる。

それは、吹雪ともいえる桜の乱舞だ。

桜。

桜。

しづ心無く散る桜花――。

視界を奪われ、立ちつくす彩人の耳に、その時、過去からの声が蘇る。

月を見あげてはお前の遠さを思い、
降る雪に、お前の冷たさを感じていたというのに。
そして、花に急《せ》かされ、ついにこうしてやってきた。

それは、誰の言葉であったか。

気づけば、桜吹雪の幻影は消え去り、彩人は、いつもと変らない、うららかな春の迷宮に立っていた。

その耳に残る言葉。

(月を見あげては遠さを思い、降る雪に冷たさを感じて……)

ぼんやり反芻《はんすう》していた彩人は、ややあって、手にしていた花鋏やシャベルを道具入れにしまうと、足早にテラスの方に戻り始めた。

「おや、彩人様。お早いお戻りですね」

テーブルを片づけていた八千代に言われ、彩人は「ちょっと」と言い訳めいた言葉を口にする。

「人に電話する用事を思い出して。――すみません、すぐに戻るので、このままにしておいていただけますか？」

言い残すと、彩人は二階に駆け上がり、自分の部屋の机の上からスマートフォンを取りあげた。

それから、久しくかけていなかった番号を捜し出して、電話する。

数コールのあと、相手が出た。

『やあ、彩人。珍しいね』

「どうも、千利先輩」

電話の相手は、茶道の次期家元である千利一寿《かずとし》だ。

『どうしたんだい。もしかして、一度会ったら、急に恋しくなって、また会いたくなった？』

相変わらず、色好みの発言をする男である。

「いえ」

あっさり否定した彩人に、千利が少し不機嫌になって言う。

『だから、どうしてお前は、そう興に乗らないことを言うんだろうね。ちょっとは色気のあることを言わないと、女にもてないよ』

「そんなことより」

戯言《ざれごと》を断ち切るように、彩人は訊いた。

「この前、千利先輩が僕に言ったアレって、なんでしたっけ?」

『なんだい、「アレ」って。それだけでは、まったくわからない』

「ですから、半年ぶりにこちらにいらした時に言っていたことです」

『僕が、お前に、なにを言ったって?』

要領を得ない相手に、彩人は直接的な言葉を投げかける。

「ほら。月を見あげては……ってやつですよ」

『ああ』

そこで、クスリと笑い、千利が続ける。

『そういえば、そんなようなことを口にした気がする。でも、あれは、僕の意志というより、言わされたようなものなんだよ。――というのも、どうしてか、お前のところの庭を見ると、不思議と思わぬことを口走りたくなるんでね。まるで、憑代《よりしろ》にでもなった気分だよ』

奇妙な言い訳をしつつ、声音も雅《みやび》な先輩は曖昧《あいまい》な記憶を辿るように応じた。

『正確になにを言ったかは覚えてないけど、ただ、それ以前に、もしかして彩人、お前は、あれが何を意味するか、あの時点でわかっていなかったのかい？』

「はい」

とたん、電話の向こうで諦念《ていねん》の溜息がもれた。

『やれやれ。まだまだ、ぜんぜん駄目だな。勉強不足も甚だしい。それでは、僕のお茶席には当分あがれそうにないね』

「……はあ」

その指摘はもっともだったので、彩人はひとまず謝る。

「至らずに、すみません」

すると、我が意を得たりとばかりに、「本当に」と千利が言い募る。

『そもそも、イギリスなんかに逃げるから、そうなるんだよ』

「……なんで、今、そんな話になるんです？」

『だって、そうだろう。あんな中途半端《はんぱ》な時期にイギリスなんかに行って』

「別に、逃げたわけではないですよ。高校卒業を機に移ったのですから、中途半端でもないですし」

『へえ。逃げてないんだ？』

「ええ。逃げてません。だって、イギリスにガーデニングの勉強に行くことは、小さい頃からの夢でしたから」

『ふうん。――僕は、てっきりお前が逃げたのだとばかり思っていたけど』

「違います」

そもそも、何から逃げたというのか。

だが、その時、ふと、彩人は、英子の言葉を思い出した。

彼女は、彩人に対し、近しい人から逃げたいと思ったことがあるかと訊いた。彼女自身が、高校時代に抱いた想《おも》いを打ち明けるための質問であったが、奇《く》しくも、彩人はそれに対し、「ある」と答えている。

思わず苦笑した彼の耳に、千利の声が響く。

『まあ、それなら、そういうことにしておこうか。――で、質問はなんだっけ？』

「だから、月がどうたらという言葉ですよ。先輩のことですから、当然、なにかを意図して言っていたんですよね？」

『決まっているだろう。――白居易《はくきょい》だよ』

「白居易？」

『そう。その詩の一節だ』

そう告げた千利が、該当の文句を詠《うた》う。

『雪月花の時、最も君をおもう――』

「雪月花の時、最も君をおもう……？」

思わず繰り返した彩人に、千利が解説してくれる。

『この詩自体は、白居易が友との交わりを懐《なつ》かしんで詠《よ》んだものであるのだけど、日本では、この詩を踏まえて、恋する人への想いを歌い上げるのに、「雪月花」が使われることがあったようだね』

「恋する人への想い……？」

つぶやいた彩人は、その瞬間、すべてを理解した。

「なるほど。そういうことか」

だが、当然、なんのことかわからなかった千利が、『彩人？』と問いかける。

『お前、大丈夫か？』

「ああ、すみません。大丈夫です。それに、おかげさまで謎《なぞ》が解けました。やはり、千利先輩には、まだまだ学ぶことが多いようです」

『ふうん』

よくわからずに応じたらしい千利が、皮肉気な口調で続ける。

『まあ、そう思うなら、もっとしょっちゅう顔を見せることだね』

「心しておきますよ。——ああ、それで思い出しましたが、立花君が、千利先生と、もっとアヤシ〜イ感じになりたいようですよ。ぜひ、考えておいてください」

『冗談』

即答で、千利が断る。

『却下だね。お前だって知っているだろう。僕は、顔の好みがとんでもなくうるさいんだ』

「そうでしたっけ?」

『そう。美しいものしか、愛せない』

豪語した色好みの風流人は、『そうそう』と意地悪く付け足す。

『なんだっけ。あの刑事さん』

「……朽木刑事ですか?」

『うん。彼女なら、考えてもいいよ』

「それは——」

向こうが遠慮するだろう。

そうは思ったが口にせず、彩人は「はいはい」といなして電話を切った。

それから、静かになった部屋の中で庭を見おろせる窓辺に立ち、散りゆく桜を見つめながらつぶやく。

「桜の樹《き》の下に死体を埋める理由か……」

それから、踵《きびす》を返して階下に戻りながら続けた。

「英子さんにとっては、最後の試練になるかもしれない」

7

「朽木様がいらっしゃいました」

慇懃《いんぎん》に告げた八千代に案内され、英子が彩人のもとを訪れたのは、その日の午後のことだった。テラスに面したリビングで昼食のあとのお茶を飲んでいた彩人は、「やあ、どうも、お呼び立てしてしまって」と挨拶《あいさつ》してから続ける。

「ちなみに、お昼はもう済ませましたか？」

「いいえ」

「それなら、八千代さんに言ってなにか用意させましょう。——どうせ、一人分くらいなら余っているはずなので」

その瞬間、庭のほうでガサガサッと音がしたが、それはすぐに収まる。

「猫かな……」

つぶやいた彩人に、英子が告げる。

「お気遣いなく。それより、おにぎりを持っているので、食べながら話してもいいですか？」

「もちろん。今、お茶を――」

言いかけた彩人の前で、英子はカバンの中からコンビニのおにぎりとペットボトルのお茶を取り出し、「いえ」と断った。

「そちらも、お気遣いなく」

「……はあ」

断り方も潔《いさぎよ》い。その態度には、凛々《りり》しさを通り越し、たくましさすら覚える。少なくとも、ここに来て、「ケーキだ」「お茶会だ」と騒いでいる連中に比べたら、なんと男前であることか。

おにぎりのパッケージを破りながら、英子が「それで？」と問う。

「お話というのは」

そこで、彩人は、「まず」と言って、渡しそびれていた「エッグ・ハント」の景品を差しだした。

「これ、預かっていた景品です」

「ああ」

ちょっと悩むような目で見おろした英子は、最終的に「どうも」と言うと、おにぎりを持ってないほうの手の指先でツウウッと引き寄せた。

「お食事券？」

「――と、宿泊券と鉄道のプリペイドカードです。三つ巴で旅行に行けるというコンセプトのようですよ」

「へえ」

カバンに滑り込ませた英子が、「まさか」と問う。

「お話って、これのことですか？」

「いえ。それは、あくまでもついでです。話というのは、例の桜のメッセージのことなんですが」

言いながら、リビングの隅に生けてある桜の若枝を顎で示す。

英子が、おにぎりを咀嚼《そしゃく》しながら、「でも」と応じた。

「それは、この前ここで話して、すでに終わったことですよね。しかも、その通りの結果になったわけですし」

「そうなんですが、実はそれだけでなく……」

そこで続きを言い淀み、椅子《いす》の背にもたれて英子を眺めた彩人が、少し突っ込んだ質問をする。

「ちなみに、一色さんは、美雪さん殺害の動機を話しましたか？」

とたん、咀嚼を止め、じっと彩人を見返した英子が、再び口を動かしながら合間に応じた。

「事件のことは、答えられません」

「なるほど。——それなら、まだ殺害の動機がわかっていないものと仮定して、話すことにしましょう」

あくまでも話題を逸《そ》らさない彩人に対し、英子が、お茶を手に取りながら問う。

「つまり、桜のメッセージの続きは、そのことに関係している？」

「ええ、たぶん」

「そうですか」

考え込んだ英子が、ややあって言う。目の前の人間が、それなりに慎みという美徳を備えていることを、短い付き合いながらわかっているからだ。

「——それなら、これは、オフレコでお願いしたいのですが」

「もちろん」

断りを入れたところで、英子が話し出す。

「瑠奈は、衝動的に美雪を殺したことは認めているのですが、そうなるに至った理由については、よくわからないと言っています。ただ、存在を守るためにそうする必要があったとだけ。——もちろん、当時一緒に過ごした私にしてみれば、彼女の言いたいことは理解できなくもないんですけど、遺族には通用はしませんよね」

「そうですね」

うなずいた彩人が、尋ねる。

「英子さん自身は、どう思ってますか？」

「どうって――」

少し悩んだあと、英子が答えた。

「これは、私の勝手な解釈ですが、この前、宮籠さんがここで話してくださったように、瑠奈は、美雪が鬱陶《うっとう》しく、また怖くもあったのではないでしょうか。存在を脅《おびや》かされる気がして――。そして、その鬱屈した感情が、あの雪の日、思わぬ形で噴出してしまった」

「『桜隠し』ですね」

「はい」

そこで、指先をあげた彩人が、「ただ」と白状する。

「実は、そこなんですが、あの時、僕は勘違いしていたようなんです」

「勘違い？」

「ええ。あの絵の中に描かれているうさぎ――、月である一色瑠奈の化身ともいえるうさぎは、雪に同化しかかっていて、このまま自分が消えてしまうことを怖《おそ》れ、怯《おび》えているのだと解釈しましたが、それが勘違いではなかったかと」
「そうなんですか？」
意外そうな目を向けてくる英子に、彩人が説明する。
「雪とうさぎの関係――、言い換えると、美雪さんと瑠奈さんは幼馴染みで、貴女《あなた》より
ずっと付き合いが長いのでしたね？」
「ええ、まあ」
「となると、雪とうさぎの同化は、こちらが考えていたより、ずっと緩やかに行われた
のではないでしょうか」
「緩やかに？」
「そうです」
深くうなずいた彩人が、片手を翻《ひるがえ》して続ける。
「幼少期、まだ他人と自分の区別がついていないくらいの年齢であれば、他者の人格を
自分の中に取り入れることは、むしろ、ごく自然に行われる気がするんです。友人の影
響は、人格形成期における環境の一種ではないかと」
「環境……」
「そう考えると、うさぎにとって、雪と同化することはさしたる苦痛を伴わない、成長
の過程としての変化でしかなかったことになります」

「だけど」

難問にぶつかった時のように眉をひそめた英子が、続ける。

「それなら、あの絵の中で、うさぎは、いったいなにを怖れているんですか？」

「もちろん、タイトルにある通り『桜隠し』ですよ」

「『桜隠し』？」

理解できずに繰り返した英子を、彩人が静かな眼差《まなざ》しで見つめる。それは、奇妙にもいたわるような目だった。

ややあって、彩人が「英子さんは」とおもむろに尋ねた。

「なぜ、一般に、桜の樹の下には死体があると言われるようになったか、その理由をご存知ですか？」

「――はい？」

唐突に主題から逸れた質問をされ、英子は面食らったように応じる。

「なぜって、えっと、たしか、どこかの作家が、なにかでそんなようなことを書いたからじゃありませんでしたっけ？」

「梶井基次郎ですね」

作家名をあげた彩人が、「たしかにそうですが」と続けた。

「実は、それ以前に、あまり広くは知られていませんが、その話のベースになるような昔話が存在するんです」

「そうなんですか？」

「ええ。それによれば、伊予《いよ》の国——今でいう愛媛県のことですが、そこの武士が、幼い頃から愛してきた桜が老化で花を咲かせられなくなってしまったことを嘆き、自分の血を養分として与えるために木の根元で自害するんです」

「……へえ」

興味ぶかそうに相槌《あいづち》を打った英子が、訊《き》く。

「それで、その桜は咲いたんでしょうか？」

「言い伝えでは、咲いたことになっています。つまり、それが、桜の樹の下に死体がある理由なんです。しかも、その死体はただの死体ではなく、今言ったように、桜を存続させるために必要な身代わりとしての死体です」

「身代わり——」

英子が、ふいに硬い表情になって訊く。

「……それって、結局のところ、どういうことでしょう？」

英子にも、彩人の言わんとするところは薄々伝わっていたが、結末に対する気の重くなるような予感と、そこまでひどいものになってほしくないという想いで、とっさにわからない振りをしてしまう。

　すると、彩人が、また少し逸れた話をする。

「一色瑠奈がテーマにしていた、『雪月花』ですが」

「……はあ」

「その言葉を最初に使ったのは、白居易であると言われています。彼は、自分の詩の中で、こう歌っているんです。――雪月花の時、もっとも君をおもう」

「雪月花の時、もっとも君をおもう？」

　噛《か》みしめるようにくり返した英子に、彩人が「ええ」と言って続けた。

「別れた友を想って詠んだもので、ゆえに、『雪月花』という言葉には、季節を代表するものの例えの他に、『友を想う』という意味が込められているそうなんです」

「友を、想う……」

「ただ、日本では、そこから転じて、恋する人を想う言葉として歌などに詠み込まれてきたらしく、そうなると、もしかしたら、一色瑠奈は――」

　とたん、ハッとしたように身体を揺らし、英子が彩人を見る。

　その前で、彩人が「貴女のことを」と言いかけるが、最後まで言わせず、英子が「ええ」と乱暴に認めた。その顔色は蒼褪《あおざ》めている。

「そうです。おっしゃる通り、おそらく、瑠奈は、当時、私のことが好きでした。その感情は、たぶん、友情を超えていたと思います」

「――ああ」

彩人が、感慨深げに頭を上下に動かした。

「やはり、気づいていたんですね。だから、事件をきっかけに距離を取った？」

英子が、つらそうに微笑《ほほえ》む。

「そうです。もっとも、なんとも皮肉なことに、瑠奈の気持ちに気づいたのは、美雪が行方不明になってからなんです。……たぶん、それまで美雪の陰に隠れて見えていなかったものが、美雪がいなくなったことで見えるようになったせいでしょうね」

「それは、たしかに皮肉な話だ」

認めた彩人が、「おそらく」と続ける。

「見えなかったのは、一色瑠奈が、笙野美雪に同化していたせいでしょう。それが、離れたことで、個が際立《きわだ》つようになった」

「そうかもしれません」

同意した英子が、「ああ、だけど」と絶望する。

「それなら、瑠奈は、私のために、美雪を殺したんですか？」

「動機という意味では、そうなるでしょう。ただ、肝心なのは、それが、彼女の選択だったということです」

「でも、私のためにそうしたわけですよね？」

とたん、眉をひそめて身体を反らした彩人が、「それを言ったら」と苦笑する。

「ストーカーはみんな、だれかのためにやったと言いますよ。たとえ、それが自分勝手な選択であっても――」

英子が、黙り込む。

そんな英子を見つめ、彩人が、「それに」と続けた。

「この場合、動機といっても、それは明確な殺意につながるものではなく、衝動的に殺してしまうに至った原因に過ぎないでしょう。――これは、もちろん僕の推測に過ぎませんが、河原俊也殺害の時と違い、笙野美雪を殺してしまったのは、あくまでも突発的な出来事だったのではないでしょうか。つまり、決して計画的な犯行とかではなく、その日、貴女に隠れてなにか特別なことを計画していた彼女たちは――、特別なことというのは、例えば貴女へのサプライズとかですが……」

探るような彩人の言葉で、英子は、あることを思い出す。

「そういえば、翌週が、私の誕生日でした」

「なるほど。――それなら、おそらく、そのために、二人は貴女に内緒でなにかしようとしていたのではありませんかね。それで、少し早い時間に集まって作業をしていたのが、たぶん貴女に関することでケンカになり、それが高じて殺してしまった」

英子がうなずく。

「それは、彼女の供述とも一致しています。瑠奈は、あの日、なんで口論になったのかは覚えていないと主張していましたが、美雪と言い争いになり、気づいたら首をしめていて、いつの間にか美雪が動かなくなっていたのだと話しています」

その殺意は、いったい、どの時点で生まれたのか。

ずっとくすぶっていたのか。

それとも、急激に生まれ、一気に沸点に達したのか。

なんにせよ、焦《あせ》った彼女は、誰一人、笙野美雪が一色邸に来ているのを知らないはずであることに思い至り、熱が出たことを理由に人を母屋《おもや》から遠ざけ、吹雪の夜、桜の樹の下に友人の遺体を埋めたのだという。

それは、とっさに考えついた行動にしてはうまくいってしまい、結局、ばれることなく十年という歳月が流れた。

だが、どうやら、その間も、全《すべ》てがうまくいっていたわけではなかったらしい。

母屋のリビングには、笙野美雪の家の鍵《かぎ》が落ちていて、掃除の時にそれを拾った清江は、それがその場にあることの意味に気づいて、とても悩むことになる。しかし、最終的に、娘のようにかわいがっている少女の人生と好条件の働き口を守るため、彼女はその秘密を墓場まで持って行くことに決めた。

そのあたりの葛藤《かっとう》は、彼女が残した日記に克明に記されていたという。

そして、清江の死後、遺品の中からその日記やキーホルダー付の鍵を見つけた息子の俊也は、真実を悟り、それをネタに一色瑠奈を脅した。その際、ご丁寧にも、笙野美雪が秘密裏に一色邸に入った方法まで突き止めていた。

そこで、瑠奈は、彼を殺すことに決めた。

以前、友人がそこを通ってきてくれたおかげで疑われずに済んだ道を、今回は、そこを通ることで、アリバイに利用しようとしたのだ。一度吸った蜜《みつ》の味は、忘れられないということだろう。

彩人が訊く。

「その日記や被害者たちの携帯電話は、彼女が処分したんですか？」

「ええ。日記は焼却炉で燃やして、携帯電話は分解してゴミに出したり燃やしたりしたそうです」

答えた英子が、「だけど」とつらそうに言う。

「蓋《ふた》を開けてみれば、結局、私の想いが、間接的に美雪を殺してしまったんですね」

明らかに落ち込んでいる英子に対し、彩人が飄々《ひょうひょう》と告げる。

「僕は、違うと思いますけど」

「でも、『身代わり』なんですよね？」

「そうですね。――とはいえ、それは、あくまでも秘められた真実に過ぎない」

指先をあげて言った彩人が、説明する。

「たしかに、一色瑠奈は、当時、雪に浸食されていく桜を見ているのは忍びなかったのでしょう。桜に恋焦《こいこ》がれていたのであれば当たり前ですし、あの絵を見る限り、それは間違いないことです。だから、悲劇も起きてしまった。事実は、まさにその通りだと思いますが、ただ――」

接続詞を強調し、彩人は続ける。

「自分が感じたことに対し、どう振る舞うかを決めたのは、一色瑠奈です。決して、貴女ではない。何を思い、どういう行動を取るか。それを決めるのは、その人自身で、それが、まさにその人の運命になるわけです。もともとの原因がなんであれ、行動し、結果を導き出すのは、その人自身なわけですから……。そして、幸いにも、わが国では、行動の選択にある程度の自由がある。その代償として責任が伴うわけで、その責任を、これから彼女は問われることになるでしょう。ストーカーだって、行動に移すまでは、どれほど相手のことを考えていようと、誰も罪に問うことはできない。責めることだってできないでしょう。あくまでも、行動に移すという点が、問題なんです。笙野美雪は、他でもない、その行動の犠牲者です」

「行動の犠牲者……」

切なそうにくり返した英子を包み込むように見つめ、「だから」と彩人が元気づけるように明言した。

「この件で、英子さんが負い目を感じる必要は、まったくありませんよ。実際、行動という点で、貴女なら、他者の運命を勝手に動かしたりせず、ひたすら我が道を行くだけでしょう？」

「――それは」

以前、自分が瑠奈に伝えたことである。

笙野美雪に対する見解の相違――。

もし、それをもっと早い段階で伝えられていたら――。

だが、それこそ、考えても仕方ないことなのだろう。「もし」なんていう運命は、この世に存在しないのだから。

最後に、彩人が優しく告げた。

「とにかく、やってもいないことで、これ以上、あれこれ悩まないことですよ」

終章

英子《ふさこ》が帰ったあとのリビングで、一人になった彩人《あやひと》は、お茶のカップに手を伸ばしながら言った。

「そろそろ、出て来たらどうだい？」

すると、すぐにガサガサと音がして、植込みの中から立花真《たてはなまこと》が姿を現わした。相も変わらず、体中に葉っぱをくっつけている。

隠れ潜んでいたことに対し、まったく罪悪感を持っていないらしい真は、葉っぱを落としながら「いやはや」と明るく言った。

「よかったですよ～」

「なにが？」

「これ以上待っていたら、お腹《なか》が空《す》き過ぎて、目をまわしていたところです」

勝手に来て、勝手に隠れて、勝手に盗み聞きしていた男の第一声とは思えない。

呆《あき》れた彩人が、「悪いけど」と言う。

「君の分の昼飯は――」

「たしか、一人分くらいは残っているんですよね？」

ちゃっかり主張した男は、まだあちこち葉っぱのついた身体《からだ》で、ズカズカとリビングに入ってくる。

「こらこら、床が汚れる」

「そんなことを言って、別に、センセイが掃除するわけじゃないでしょうに」

ケロリと言ってのけ、さらに、正義の味方でも呼ぶように、「八千代《やちよ》さ〜ん」と声を張りあげた。

「大変で〜す。ここに、行き倒れ寸前の好青年がいますよ〜」

すると、なんでも心得ている八千代が、音もなくリビングに現れ、「これは、立花様、いらっしゃいませ」と迎え入れてくれる。しかも、手にしたお盆の上には、湯気の立つ惣菜《そうざい》が載っている。

「う〜ん。さすが八千代さん。神！」

従順な犬のごとくストンと椅子《いす》に座り込み遠慮なくご飯を食べ始めた真が、スプーンを振りながら言った。

「それにしても、女同士かあ」

とたん、不機嫌そうな表情になった彩人が、厳しく咎《とが》めた。

「立花君。言うに事欠いて、つまらないことを取りあげるんじゃないよ。盗み聞きするならするで、そのあと、知らんふりするくらいの礼儀は持ちなさい」

「了解です」

一度は素直に受け入れたものの、やはり言いたくなったのか、真は「だけど」と続けた。やはり、懲《こ》りない性格をしている。

「女同士って、なんというか、美しく、それでもって、とても恐ろしいものですね」

めずらしくしみじみと言われた感想に、彩人が片眉《かたまゆ》をあげて応じた。

「まったく、なにを言っているんだか。――それに、思春期に経験する同性に対する恋心なんて、大半が、究極まで研ぎ澄まされた友情にすぎなかったりするだろう。特に多感な女の子にとっては、同世代の男子なんて、汗臭くて汚いだけのものだから」

「そうなんですか？」

「うん。昨今の男子が女子化するのだって、その根本には女の子にもてたいという気持ちがあるのだろうし」

「ああ、言われてみれば、この前会った花好き青年は、女の子にモテたくてきれいにしているうちに女装にたどり着いたと言ってましたっけ。う～ん、そうか。その話を聞いた時は、本末転倒な気がしたんですが、実は、理にかなっていたとは、驚き桃の木山椒《さんしょ》の木」

彩人が、軽く肩をすくめた。

そこまでいったら本末転倒である気もしなくはないが、どうでもよかった彩人は、話を元に戻して言う。

「他の人間はともかく、少なくとも、一色瑠奈は、そうだったと思うよ。つまり、純粋なものを求め過ぎた結果だから、よけい、違う色を持った他者による浸食が、許せなかったのだろう。そして、十代の犯罪は、おしなべて衝動的だ」

「ふうん。……なんか知らないけど、よくわかっていらっしゃる」

つぶやいた真が、「もしかして」と訊《き》く。

「センセイにも、そんな経験があるんですか？」

それに対し、チラッと能天気な編集者を眺めやった彩人が、質問に質問で返した。

「そういう君は、あったのかい？」

「いや。ないですね～。皆無」

あっけらかんと答え、真がのほほんと続ける。

「ひたすら、花と戯《たわむ》れる日々でした」

「――だろうね」

想像に難くない。

思いつつ、お茶のカップに口をつける彩人。

それは、なんとものどかな春の一日で、彼らを囲む花の迷宮では、とうの昔に盛りを過ぎた桜の花びらが、はらはら、はらはら、とめどなく舞い散っていた。

本書は新潮文庫のために書き下ろされた。

よろず一夜のミステリー
—水の記憶—
篠原美季著

不思議系サイトに投稿された「呪い水」の怪現象は、ついに事件に発展。個性派揃いのチーム「よろいち」が挑む青春〈怪〉ミステリー開幕。

よろず一夜のミステリー
—金の霊薬—
篠原美季著

サイトに寄せられた怪情報から事件が。サイエンス＆深層心理から、「チームよろいち」が、黄金にまつわる事件の真実を暴き出す！

よろず一夜のミステリー
—土の秘法—
篠原美季著

「よろいち」のアイドル・希美が誘拐された。人気ゲームの「ゾンビ」復活のため「女神」として狙われたらしい。救出できるか、恵!?

よろず一夜のミステリー
—炎の神判—
篠原美季著

「お前の顔なんて、二度と見たくない！」——人体自然発火事件をめぐり、恵と輝一の信頼関係に亀裂が。「よろいち」、絶体絶命!?

よろず一夜のミステリー
—枝の表象—
篠原美季著

「よろいち」最後の調査で幽霊に遭遇？ 一方、行方不明の父の消息は？ 卒業、就職、再会……恵《けい》を待ちうける未来は如何に!?

迷宮庭園
—華術師 宮籠彩人の謎解き—
篠原美季著

宮籠彩人は、花の精と意思疎通できる能力を持つ。彼が広大な庭から選ぶ花は、その人の運命を何処へ導くのか。鎌倉奇譚帖開幕！

雪乃紗衣著

レアリアI

長年争う帝国と王朝。休戦派の魔女家の少女は帝都へ行く。破滅の〝黒い羊〟を追って――。世代を超え運命に挑む、大河小説第一弾。

竹宮ゆゆこ著

知らない映画のサントラを聴く

錦戸枇杷。23歳（かわいそうな人）。そんな私に訪れたコレは、果たして恋か、贖罪か。無職女×コスプレ男子の圧倒的恋愛小説。

神永学著

革命のリベリオン
―第I部　いつわりの世界―

人生も未来も生まれつき定められた〝DNA格差社会〟。生きる世界の欺瞞に気付いた時、少年は叛逆者《リベリオン》となる――壮大な物語、開幕！

河野裕著

いなくなれ、群青

11月19日午前6時42分、僕は彼女に再会した。あるはずのない出会いが平坦な高校生活を一変させる。心を穿つ新時代の青春ミステリ。

朝井リョウ・飛鳥井千砂・越谷オサム・坂木司・徳永圭・似鳥鶏・三上延・吉川トリコ著

この部屋で君と

腐れ縁の恋人同士、傷心の青年と幼い少女、妖怪と僕!?　さまざまなシチュエーションで何かが起きるひとつ屋根の下《ふたりぐらし》アンソロジー。

相沢沙呼著

スキュラ&カリュブディス
―死《タナトス》の口吻《くちづけ》―

初夏。街では連続変死事件が起きていた。千切れた遺体。流通する麻薬。恍惚の表情で死ぬ少女たち。背徳の新伝奇ミステリ。

神西亜樹著

坂東蛍子、日常に飽き飽き

新潮nex大賞受賞

その女子高生、名を坂東蛍子という。容姿端麗、学業優秀、運動万能ながら、道を歩けば事件に当たる、疾風怒濤の主人公である。

神西亜樹著

坂東蛍子、屋上にて仇敵を待つ

体育祭。肝試し。学校占拠事件。今日も今日とて坂東蛍子の〝日常〟には事件が目白押し。疾風怒濤の女子高生譚第二弾、堂々降臨。

七尾与史著

バリ3探偵 圏内ちゃん

圏外では生きていけない。人との会話はすべてチャット……。ネット依存の引きこもり女子、圏内ちゃんが連続怪奇殺人の謎に挑む！

知念実希人著

天久鷹央の推理カルテ

お前の病気《ナゾ》、私が診断してやろう——。河童、人魂、処女受胎。そんな事件に隠された〝病〟とは？　新感覚メディカル・ミステリー。

知念実希人著

天久鷹央の推理カルテII

—ファントムの病棟—

毒入り飲料殺人。病棟の吸血鬼。舞い降りる天使。事件の〝犯人〟は、あの〝病気〟……？　新感覚メディカル・ミステリー第2弾。

水生大海著

消えない夏に僕らはいる

5年ぶりの再会によって、過去の悪夢と向き合う少年少女たち。ひりひりした心の痛みと、それぞれの鮮烈な季節を描く青春冒険譚。

森川智喜著
未来探偵アドのネジれた事件簿
—タイムパラドクスイリ—
23世紀からやってきた探偵アド。時間移動装置を使って依頼を解決するが未来犯罪に巻き込まれて……。爽快な時空間ミステリ、誕生！

青柳碧人著
ブタカン！
~池谷美咲の演劇部日誌~
都立駒川台高校演劇部に、遅れて入部した美咲。公演成功に向けて、練習合宿時々謎解き、舞台監督大奮闘。新☆青春《ブカツ》ミステリ始動！

里見　蘭著
大神兄弟探偵社
気に入った仕事のみ、高額報酬で引き受けます――頭脳×人脈×技×体力で、悪党どもをとことん追いつめる、超弩級ミッション！

三國青葉著
かおばな剣士妖夏伝
—人の恋路を邪魔する怨霊—
将軍吉宗の世でバイオテロ発生！ ヘタレ剣士右京が活躍する日本ファンタジーノベル大賞優秀賞『かおばな憑依帖』改題文庫化！

小川一水著
こちら、郵政省特別配達課（1・2）
家でも馬でも……危険物でも、あらゆる手段で届けます！ 特殊任務遂行、お仕事小説。特別書下し短篇「暁のリエゾン」60枚収録！

仁木英之著
僕僕先生　零
遥か昔、天地の主人が神々だった頃のお話。世界を救うため、美少女仙人×ヘタレ神の冒険が始まる。「僕僕先生」新シリーズ、開幕。

杉江松恋著
神崎裕也原作

ウロボロス
ORIGINAL NOVEL
―イクオ篇・タツヤ篇―

一つの事件が二つの顔を覗かせる。刑事イクオが闇の相棒竜哉と事件の真相に迫る。人気コミックスのオリジナル小説版二冊同時刊行。

谷川流著

絶望系

助けてくれ――。きっかけは、友人からの電話だった。連続殺人。悪魔召喚。そして明かされる犯人は？　圧巻の暗黒ミステリ。

榎田ユウリ著

ここで死神から
残念なお知らせです。

「あなた、もう死んでるんですけど」――自分の死に気づかない人間を、問答無用にあの世へと送る、前代未聞、死神お仕事小説！

秋田禎信著

ひとつ火の粉の雪の中

鬼と修羅の運命を辿る、鮮烈なファンタジー。若き天才が十代で描いた著者の原点となる幻のデビュー作。特別書き下ろし掌編を収録。

島田荘司著

ロシア幽霊軍艦事件
―名探偵　御手洗潔―

箱根・芦ノ湖にロシア軍艦が突如現れ、一夜で消えた。そこに隠されたロマノフ朝の謎……。御手洗潔が解き明かす世紀のミステリー。

島田荘司著

御手洗潔と進々堂珈琲

京大裏の珈琲店「進々堂」。世界一周を終えた御手洗潔は、予備校生のサトルに旅路の物語を語り聞かせる。悲哀と郷愁に満ちた四篇。

瀬川コウ著

謎好き乙女と奪われた青春

恋愛、友情、部活？　なんですかそれ。クソみたいな青春ですね——。謎好き少女と「僕」が織りなす、新しい形の青春ミステリ。

越谷オサム著

陽だまりの彼女

彼女がついた、一世一代の嘘。その意味を知ったとき、恋は前代未聞のハッピーエンドへ走り始める——必死で愛しい13年間の恋物語。

越谷オサム著

いとみち

相馬いと、十六歳。人見知りを直すため始めたのは、なんとメイドカフェのアルバイト！思わず応援したくなる青春×成長ものがたり。

越谷オサム著

いとみち　二の糸

高二も三味線片手にメイド喫茶で奮闘。友達と初ケンカ、まさかの初恋？　ヘタレ主人公ゆるりと成長中。純情青春小説第二弾☆

三浦しをん著

風が強く吹いている

目指せ、箱根駅伝。風を感じながら、たすき繋いで、走り抜け！「速く」ではなく「強く」——純度100パーセントの疾走青春小説。

宮部みゆき著

ソロモンの偽証
—第Ｉ部　事件—
（上・下）

クリスマス未明に転落死したひとりの中学生。彼の死は、自殺か、殺人か——。作家生活25年の集大成、現代ミステリーの最高峰。

宮部みゆき著　**英雄の書**（上・下）

中学生の兄が同級生を刺して失踪。妹の友理子は、〝英雄〟に取り憑かれ罪を犯した兄を救うため、勇気を奮って大冒険の旅へと出た。

宮部みゆき著　**レベル7**《セブン》

レベル7まで行ったら戻れない。謎の言葉を残して失踪した少女を探すカウンセラーと記憶を失った男女の追跡行は……緊迫の四日間。

伊坂幸太郎著　**ゴールデンスランバー**
山本周五郎賞受賞
本屋大賞受賞

俺は犯人じゃない！　首相暗殺の濡れ衣をきせられ、巨大な陰謀に包囲された男。必死の逃走。スリル炸裂超弩級エンタテインメント。

伊坂幸太郎著　**重力ピエロ**

ルールは越えられるか、世界は変えられるか。未知の感動をたたえて、発表時より読書界を圧倒した記念碑的名作、待望の文庫化！

伊坂幸太郎著　**フィッシュストーリー**

売れないロックバンドの叫びが、時空を超えて奇蹟を呼ぶ。緻密な仕掛け、爽快なエンディング。伊坂マジック冴え渡る中篇4連打。

小野不由美著　**魔性の子**　―十二国記―

孤立する少年の周りで相次ぐ事故は、何かの前ぶれなのか。更なる惨劇の果てに明かされるものとは――「十二国記」への戦慄の序章。

小野不由美著

月の影 影の海（上・下）
—十二国記—

平凡な女子高生の日々は、見知らぬ異界へと連れ去られ一変した。苦難の旅を経て「生」への信念が迸る、シリーズ本編の幕開け。

小野不由美著

東京異聞

人魂売りに首遣い、さらには闇御前に火炎魔人、魑魅魍魎が跋扈する帝都・東京。夜闇で起こる奇怪な事件を妖しく描く伝奇ミステリ。

小野不由美著

屍鬼（一〜五）

「村は死によって包囲されている」。一人、また一人、相次ぐ葬送。殺人か、疫病か、それとも……。超弩級の恐怖が音もなく忍び寄る。

上橋菜穂子著

精霊の守り人
野間児童文芸新人賞受賞
産経児童出版文化賞受賞

精霊に卵を産み付けられた皇子チャグム。女用心棒バルサは、体を張って皇子を守る。数多くの受賞歴を誇る、痛快で新しい冒険物語。

上橋菜穂子著

狐笛のかなた
野間児童文芸賞受賞

不思議な力を持つ少女・小夜と、霊狐・野火。森陰屋敷に閉じ込められた少年・小春丸をめぐり、孤独で健気な二人の愛が燃え上がる。

恩田　陸著

六番目の小夜子

ツムラサヨコ。奇妙なゲームが受け継がれる高校に、謎めいた生徒が転校してきた。青春のきらめきを放つ、伝説のモダン・ホラー。

恩田陸著

夜のピクニック

吉川英治文学新人賞・本屋大賞受賞

小さな賭けを胸に秘め、貴子は高校生活最後のイベント歩行祭にのぞむ。誰にも言えない秘密を清算するために。永遠普遍の青春小説。

梨木香歩著

西の魔女が死んだ

学校に足が向かなくなった少女が、大好きな祖母から受けた魔女の手ほどき。何事も自分で決めるのが、魔女修行の肝心かなめで……。

道尾秀介著

向日葵の咲かない夏

終業式の日に自殺したはずのS君の声が聞こえる。「僕は殺されたんだ」。夏の冒険の結末は。最注目の新鋭作家が描く、新たな神話。

道尾秀介著

龍神の雨

血のつながらない父を憎む蓮。実母を殺したのは自分だと秘かに苦しむ圭介。降りやまぬ雨、ひとつの死が幾重にも波紋を広げてゆく。

道尾秀介著

ノエル

―a story of stories―

暴力に苦しむ圭介は、級友の弥生と絵本作りを始める。切実に紡ぐ〈物語〉は現実を、世界を変え――。極上の技が輝く長編ミステリー。

有川浩著

キケン

様々な伝説や破壊的行為から、周囲から忌み畏れられていたサークル「キケン」。その伝説的黄金時代を描いた爆発的青春物語。

有川 浩著
レインツリーの国
きっかけは忘れられない本。そこから始まったメールの交換。好きだけど会えないと言う彼女にはささやかで重大なある秘密があった。

有川 浩著
三匹のおっさん ふたたび
万引き、不法投棄、連続不審火……。町内のトラブルに、ふたたび〝三匹〟が立ち上がる。おまけに〝偽三匹〟まで登場して大騒動！

和田 竜著
忍びの国
時は戦国。伊賀攻略を狙う織田信雄軍。迎え撃つ伊賀忍び団。知略と武力の激突。圧倒的スリルと迫力の歴史エンターテインメント。

高橋由太著
もののけ、ぞろぞろ
白狐となった弟を元の姿に戻すため、大坂夏の陣に挑んだ宮本伊織。死んだはずの織田信長が蘇って……。新感覚時代小説。

高橋由太著
もののけ、ぞろり 巌流島くるりん
京の都に姿を現した黒九尾。最強の黒幕を倒すべく剣を交えた伊織兄弟は、驚くべき真相を目の当たりにする。シリーズ最終巻。

畠中 恵著
しゃばけ
日本ファンタジーノベル大賞優秀賞受賞
大店の若だんな一太郎は、めっぽう体が弱い。なのに猟奇事件に巻き込まれ、仲間の妖怪と解決に乗り出すことに。大江戸人情捕物帖。

畠中恵著
ちんぷんかん
長崎屋の火事で煙を吸った若だんな。気づけばそこは三途の川!? 兄・松之助の縁談や若き日の母の恋など、脇役も大活躍の全五編。

畠中恵著
つくも神さん、お茶ください
「しゃばけ」シリーズの生みの親ってどんな人? デビュー秘話から、意外な趣味のこと、創作の苦労話などなど。貴重な初エッセイ集。

中谷航太郎著
ヤマダチの砦
—秘闘秘録 新三郎&魁—
カッコイイけどおバカな若侍が山賊たちと繰り広げる大激闘。友情あり、成長ありのノンストップアクション時代小説。文庫書下ろし。

津原泰水著
ブラバン
一九八〇。吹奏楽部に入った僕は、音楽の喜び、忘れえぬ男女と出会った。二十五年後、再結成話が持ち上がって。胸を熱くする青春組曲。

香月日輪著
下町不思議町物語
小六の転校生、直之の支えは「師匠」と怪しい仲間たち。妖怪物語の名手が描く、少年と家族の再生を助ける不思議な町の物語。

中川翔子編
にゃんそろじー
漱石、百閒から、星新一、村上春樹、加納朋子まで。古今の名手による猫にまつわる随筆・短編を厳選。猫好き必読のアンソロジー。

新潮文庫最新刊

佐伯泰英著
光圀
―古着屋総兵衛 初傳―
新潮文庫百年特別書き下ろし作品

将軍綱吉の悪政に憤怒する水戸光圀。若き六代目総兵衛は使命と大義の狭間に揺れるのだが……。怒濤の活躍が始まるエピソードゼロ。

瀬尾まいこ著
あと少し、もう少し

頼りない顧問のもと、寄せ集めのメンバーがぶつかり合いながら挑む中学最後の駅伝大会。襷が繋いだ想いに、感涙必至の傑作青春小説。

中村文則著
迷宮

密室状態の家で両親と兄が殺され、小学生の少女だけが生き残った。迷宮入りした事件の狂気に搦め取られる人間を描く衝撃の長編。

さだまさし著
はかぼんさん
―空蝉風土記―

京都旧家に伝わる謎の儀式。信州の「鬼宿」。長崎に存在する不老長寿をもたらす石。各地の伝説を訪ね歩いて出逢った虚実皮膜の物語。

丸谷才一著
持ち重りする薔薇の花

不倫あり、嫉妬あり、裏切りあり……世界的弦楽四重奏団の愛憎に満ちた人間模様を明るく知的に描き尽くした、著者最後の長編小説。

**池内紀
川本三郎
松田哲夫編**
日本文学100年の名作
第8巻
1984-1993
薄情くじら

心に沁みる感動の名編から抱腹絶倒の掌編まで。田辺聖子の表題作ほか、阿川弘之、宮本輝、山田詠美、宮部みゆきも登場。厳選14編。

新潮文庫最新刊

池波正太郎・松本清張
藤沢周平・神坂次郎著
滝口康彦・山田風太郎
縄田一男編

主命にござる

上司からの命令は絶対。しかし己の心に背いてでも、なすべきことなのか——。忠と義の間で揺れる心の葛藤を描く珠玉の六編。

吉川英治著

新・平家物語（十六）

屋島の合戦に敗れ、みかどと女院を擁し西へ向う平家と、それを追う義経軍。源平の雌雄を決する、壇ノ浦の最終決戦の時が目前に！

円居　挽著

シャーロック・ノート
—学園裁判と密室の謎—

退屈な高校生活を変えた、ひとりの少女との出会い。学園裁判。殺人と暗号。密室爆破事件。いま始まる青春×本格ミステリの新機軸。

篠原美季著

雪月花の葬送
—華術師　宮籠彩人の謎解き—

しんしんと雪が降る日、少女が忽然と消えた。事故？誘拐？神隠し？　警察には解明できない謎に「華術師」が挑む新感覚ミステリー！

角田光代著

まひるの散歩

つくって、食べて、考える。『よなかの散歩』に続き、小説家カクタさんがごはんがめぐる毎日のうれしさ綴る食の味わいエッセイ。

松本幸四郎著

幸四郎的奇跡のはなし

九代目松本幸四郎が思ったこと、考えたこと、どうしても伝えたいこと——。見果てぬ夢を抱いて駆け抜けた半生を綴る自伝エッセイ。

イラスト　田倉トヲル
デザイン　團夢見 imagejack

雪《せつ》月《げつ》花《か》の葬《そう》送《そう》

—華術師 宮籠彩人の謎解き—

新潮文庫　し－74－22

平成二十七年四月一日発行

著者　篠《しの》原《はら》美《み》季《き》
発行者　佐藤隆信
発行所　株式会社新潮社
郵便番号　一六二—八七一一
東京都新宿区矢来町七一
電話　編集部(〇三)三二六六—五四四〇
読者係(〇三)三二六六—五一一一
http://www.shinchosha.co.jp

価格はカバーに表示してあります。

乱丁・落丁本は、ご面倒ですが小社読者係宛ご送付ください。送料小社負担にてお取替えいたします。

印刷・錦明印刷株式会社　製本・錦明印刷株式会社

© Miki Shinohara 2015　Printed in Japan

ISBN978-4-10-180029-5 C0193